어크로스 더 투니버스

트 리 플

임국영 소설

어크로스 더 투니버스

4

TRIPLE

차례

어크로스 더 투니버스

외행성 전사들이 나타났다. 천왕성, 해왕성, 목성, 토성을 수호하는 새로운 세일러 전사들이었다. 그 중 만경의 시선을 사로잡은 전사는 세일러 우라누스였다. 날카롭게 자른 금발 숏컷과 뾰족한 콧날의 그는 여유 만만한 미소로 여성들에게 로맨틱한 멘트를 던지다가 싸움이 시작되면 세일러 전사의 전투복을 입고, 그러니까 원피스 수영복에 가까운 복장으로 악당과 전투를 벌였다. 붉은 기운을 손에 모아 지면을 내려치자 구체로 뭉친 마그마 같은 강력한 에너지가 땅을 뚫고 적에게 쏘아져 나갔다. 콰광!

　　소파 앞 방바닥, 만경과 수진은 떨어진 거리에 앉아 한 마디도 나누지 않고 브라운관을 들여다봤다. 만경은 세일러 우라누스와 수진의 옆모습을 번갈아 보며 생각했다.

　　여자? 남자?

　　　　　　지난 서기 1990년대 말
　　　한국은 전후 최대의 경제적 불황에 시달리고 있었다
　　　　계속되는 대기업의 부도, 끝없이 치솟는 실업률,
　　　　　　쏟아지는 청소년의 흉악범죄 등
　　　　　세기말이라는 시대적인 분위기에 걸맞은
　　　　암울하고도 어수선한 시기에 봉착해 있었던 것이다
　　　　　　　　　　〈그 남자 그 여자〉 투니버스판

　　이상한 시대였다. 밀레니엄 바이러스 Y2K에 대한 공포가 전 세계를 뒤덮었고 한국에서는 같은 이름의 다국적 비주얼 록밴드가 버젓이 활동했다. 하늘에서 앙골모아 대왕이 내려오는지 어쩌는지 살피다 시선을 밑으로 내리니 잠실에서 마이클 잭슨이 건즈 앤 로지스의 기타리스트 슬래시를 대동하고 〈블랙 오얼 화이트〉를 선보이고 있었다. 그리고 고개를 왼쪽으로 꺾으면 누군가 한강 위로 몸을 던지는 모습이 보였다.

　　세상 돌아가는 실정을 알 수 없었던 아이들로서는 어수선하던 시대상은 관심사 밖이었다. IMF보다는 세일러 문으로 기억되는 바야흐로 대만화영화의 시대였다. 공중파 3사에서 황금 시간대 직전인 대략 오후 5시부터 7시까지 경쟁적으로 애니메이션을 방영했다. MBC에서는 〈로봇수사대 K캅스〉〈요술천사 피치〉〈빨간 망토 챠챠〉, KBS는 〈꾸러기 수비대〉〈천사소녀 네티〉〈달의 요정 세일러 문〉, SBS에 이르러서는 〈마법소녀 리나〉〈슬램덩크〉〈카드캡터 체리〉…… 일요일 오전 이른 시간에 방영된 〈디즈니 만화동산〉과 〈만화잔치〉 때문에 수를 헤아리기 힘든 크리스천 아이들이 아침 예배 드리길 기피했다. 한편 만화 전문 채널 투니버스가 케이블 방송에서 개국하고 〈란마 1/2〉을 송출했다. 주인공이 찬물을 뒤집어쓰면 여자로, 온수를 끼얹으면 남자로 변하는 바로 그 작품이었다. 불과 몇 해 전 '자극적이고 변태적인 대사와 장면들로 가득 찬'* 만화라며 검열했던 것도 모자라 비디오를 한데 모아 불로

태워버렸다는 소문이 돌았던 사실을 생각해보면 믿기 힘든 일이었다.

아이들은 열광하며 미디어의 시혜를 기꺼이 만끽했다. 학교에서 친구들을 만나면 어제저녁에 본 만화를 주제로 대화를 나누고 오프닝 송을 합창했다. 똘기 떵이 호치 새초미 자축인묘, 드라고 요롱이 마초 미미 진사오미. 아이들이 만화 보는 데 따로 이유가 어디 있었겠느냐만 그들이 애니메이션에 푹 빠질 수밖에 없었던 까닭은 명확했다. 이 세상에서 일어날 수 없는 일들이 그곳에선 가능했기 때문이다. 화려한 색채를 띤 인물들이 손에서 마법을 뿜고 변신을 했으며 말을 할 줄 아는 거대한 로봇이 합체를 했다. 현실의 물리법칙으로는 설명되지 않는 멋진 신세계가 TV 속에서 펼쳐졌고 아이들은 눈을 빛내며 이곳이 아닌 어딘가를, 바로 저런 세상을 꿈꿨다. 그리고 언젠가 그 꿈을 이룰 수 있으리라 믿으며 상상의 나래를 펼쳤다. 만경과 수진도 예외는 아니었다.

* 「일본비디오만화 봇물 … 동심 멍든다」, 한겨레, 1993. 8. 10.
http://www.hani.co.kr/arti/legacy/legacy_general/L348379.html

만경에게는 형이 있었고 수진에게는 오빠가 있었다. 그들은 같은 아파트 단지에 살고 같은 중학교에 다니는 절친한 친구였다. 만경의 형은 만경을 데리고 수진 남매의 집을 자주 찾았다. 홀로 남매를 보살피는 수진의 아버지는 퇴근이 늦었고 그 집에는 윈도95 운영체제가 설치된 486 컴퓨터가 있었다. 만경의 형과 수진의 오빠는 밤이 될 때까지 방에 틀어박혀 〈삼국지 5〉나 〈커맨드 앤 컨커: 레드 얼럿〉 〈프린세스 메이커 2〉를 플레이했고 만경과 수진은 함께 TV를 시청했다. 불만은 없었다. 컴퓨터는 만경과 수진에게 허락된 몫이 아니었다.

만경과 수진도 동갑이었고 같은 초등학교에 다녔지만 친구는 아니었다. 두 사람은 대화를 나누지 않았다. 수진이 만화영화를 볼 때 만경은 멀찌감치 떨어져 앉아 TV만 쳐다볼 따름이었다. 둘은 서로 관여하지 않고 같은 공간에 존재하기로 암묵적으로 합의했다. 학교에서도 말을 섞지 않았다. 그들은 달라도 너무 달랐다. 우선 만경은 '주먹밥'이었다.

주먹밥은 그곳에 낄 수 없었던 거예요

〈후르츠 바스켓〉

사과, 바나나가 체리랑 복숭아와 어울려 노는 판에 주먹밥이 어우러질 여지는 없었다. 다른 누구도 아니고 만경 본인이 그렇게 여겼다. 만경은 마치 만화영화를 보듯 모든 것을 구경했다. 오락실에서 누군가 게임을 하면 입을 닫고 화면을 지켜봤다. 또래가 운동장이나 골목에서 뛰노는 모습을 눈으로만 좇았다. 단 한 번도 판에 끼워달라고 한 적이 없었다. 인간이 움직이고 어울리는 모습 자체가 신기하다는 듯 굴었다. 아이들은 종종 손을 내밀었지만 만경은 반응하지 않았다. 겁에 질린 사람처럼 얼굴이 하얬고 큼직한 눈동자에 초점이 희미했다. 또래들은 처음에는 의아해했고 그다음엔 꺼림칙해했다. *기분 나빠.* 종내에는 만경을 없는 사람 취급했다. 아무도 만경을 호의와 의지로 호명하지 않았다.

만경이라고 외로움을 느끼지 않거나 다른 아이들과 어울리고 싶은 마음이 없는 것은 아니었다. 그러나 별다른 도리가 없었다. 만경은 재능이 없었다. 사는 일 자체에 말이다. 신체적인 성장조차 다 마치지 않은 어린아이에게 가져다 대기 가혹한 말이었지만 타고난 재능이란 늘 이런 식이었다. 시작한 지 이른 시기에 있고 없고 여부가 두각을 보이며 해당 분야의 전문가라면 그가 어떤 경지까지 가닿을 수 있을지 대강 가늠이 되고 마는 가능성의 기대치. 인생에 전문가가 따로 있는지는 모르겠지만 어쨌거나 만경의 사회적인 수행 능력은 처참했다. 맥락 파악, 자연스러운 행동, 친밀한 소통에 천부적으로 서툴렀다. 타인을 어떻게 대해야 할지 갈피조차 잡지 못했다. 그래서 남이 하는 양을 바라만 보는 처지가 차라리 마음 편했다. 할 수 있다면 이대로 구경만 하다 어른이 될 심산이었다. 만경은 어른이 되면 삶이 극적으로 바뀌지 않을까, 만화 속에서 일어날 법한 기적 같은 사건이 일어나지 않을까 하는 막연한 기대를 품었다. 마법과 비밀, 모험 그리고 친구가 있는 그런 세계를 꿈꿨던 것이다.

그런 만경의 눈에 자주 들어오는 아이가 있었다. 수진이었다. 팔과 다리가 훤칠한 수진은 또래 남자애들과는 비교도 안 될 정도로 빠르게 달리고 힘이 셌다. 성격은 좋게 말하면 활발했고 나쁘게 말하면 다혈질이었다. 남자아이들과 어울려 공놀이를 하다가 자기 성질을 이기지 못할 때는 욕설을 퍼붓고 드잡이를 했다. 함께 어울리던 소년 중 절반은 수진에게 욕을 먹거나 얻어맞았고 혹은 욕을 먹으며 얻어맞았다. *무슨 계집애가 그렇게 드세냐?* 앞에서는 비위를 맞추고 어깨동무를 하던 소년들이 뒤에서 수진의 험담을 했다. 생명체 취급도 받지 못했지만 아이들이 많이 모인 곳을 꼭 따라다니던 만경의 귀에 그런 얘기가 자주 들렸다. 그럼에도 수진은 인기가 많았다. 여자 남자 할 것 없었다. 수진의 험담을 하던 아이들도 한편으로는 수진을 두려워했을지언정 미워하지만은 않았다. 화가 나지 않은 수진은 관대했고 유쾌했으며 재밌는 아이였다.

만경에게 수진은 '주인공'이었다. 만화영화 속에나 나올 법한, 다른 인물들과는 확연히 차이가 나는 프레임과 작화로 생동하는 캐릭터처럼 보였다. 이름도 어떻게 수진일까. 완벽하게 멋지다. 만경은 수진과 동명인 성우 한 사람을 떠올렸다. 외화에서는 맷 데이먼과 레오나르도 디카프리오를 전담하고 애니메이션에서는 이누야샤와 루피, 가이, 남도일 등등 남자 주인공 역할을 도맡은 그 성우 말이다. 한편 만경은 수진을 어떤 '캐릭터'를 닮았다고 나름대로 정의를 내리려 할 때면 늘 골치가 아팠다. 주인공은 주인공인데 '여자 주인공'이라고 말하기에는 어쩐지 딱 들어맞지 않았다. 여

자 주인공이라 하면 남자인 주인공의 짝, 이라는 인상
이 강했다. 그렇다고 '여자인' 주인공이라고 한다면 피
치나 세라, 앤, 리나도 있었지만 수진은 그런 '말괄량이'
타입이 아니었다. 성별을 배제하고 얘기하자면 수진은
차라리 〈슬램덩크〉의 강백호 같았다. 조금은 폭력적이
다 싶을 정도로 감정 표현이 솔직하지만 밉지 않고 매
력적이었다. 사과하고 반성하며 성장하고야 마는, 자기
삶을 사는 그런 붉게 타오르는 사람.

　　만경은 수진처럼 되고 싶었다. 그러나 한 세계
에 주인공은 하나인 법이었다. 만경은 수진을 바라보며
직감했다. 나는 틀렸어. 그런 우울함이 들 때면 만경은
만화를 그렸다. 만경의 장래희망은 만화가였다. 사는
일에 재능이 없는 데다 손재주까지 없었지만 언젠가,
기필코 그렇게 되리라 믿었다. 만경은 삐뚤빼뚤 연필을
깎고 인물을 그리고 말풍선 안에 대사를 채워 넣었다.

　　"동생. 수진이랑 놀고 있어라. 우리 방에 들어와
도 죽일 거고 수진이 리모컨을 뺏어도 너는 죽는다."

　　만경의 형은 만경의 머리를 쓰다듬으며 그렇게
이른 뒤 수진의 오빠와 함께 컴퓨터가 있는 방에 들어
가버리곤 했다. 주의를 주지 않아도 만경은 방을 들여

다볼 생각도 수진으로부터 리모컨을 빼앗을 각오도 없었다. 아무리 눈치 없는 만경이라도 수진에게 '〈카드캡터 체리〉 그만 보고 〈사자왕 가오가이거〉 보면 안 돼?'라고 말한다면 자신의 얼굴로 리모컨이 날아들 것임을 모르지 않았다. 수진은 다른 아이들과 마찬가지로 만경을 대했다. 친절하게 말을 걸거나 무엇인가를 권하는 일이 없었고 간혹 한심하다는 듯한 눈길을 던질 따름이었다. 만경은 보호색을 띤 카멜레온처럼 수진의 거실에 동화되려 애썼다. 소파나 TV같이 원래부터 그 자리에 있던 정물인 척 숨소리를 참고 움직임을 최소화했다. 그 노력이 아예 무의미하진 않아서 수진은 가끔 만경의 존재를 망각했다.

만경이 그렇게 행동한 것은 수진이 두려웠기 때문만은 아니었다. 만경에게 만화영화를 함께 보는 일이란 내밀한 교감을 뜻했다. 같은 공간에서 같은 곳을 바라보며 취향과 감각을 친하지 않은 누군가와 공유하는 일은 충분히 기분 나쁠 수 있는 일이었다. 수진이 시청하는 만화를 볼 때면 도둑질을 하는 기분이었다. 자신을 조용히 받아준 수진에게 감사했다. 인기척을 내지 않는 데는 이미 도가 텄지만 만경은 수진 앞에서 최선을 다했다. 나름의 예의이자 배려였다.

야빠빠 야빠빠 웅~ 묘익천, 이곳에 빠지면 아빠 팬더곰.

사실 공중파에서 방영하는 만화영화를 감상하는 것은 만경의 집에서도 가능했다. 만경이 굳이 형을 따라 수진의 집을 찾은 이유는 두 가지였다. 하나는 수진과 친해지는 것이었다. 만경은 수진이 하품을 하고 코를 훌쩍이는 모습조차 신기했다. 만화 속 주인공을 근접한 곳에서 지켜보는 즐거운 느낌이었다. 그러나 수진이 만경에게 관심을 가질 리 만무했기 때문에 친구가 되는 길은 요원했다. 또 다른 이유는 투니버스였다. 만경의 집에는 유료 케이블 채널이었던 투니버스가 송출되지 않았다. 정해진 시간에만 만화를 방영하는 정규방송과 달리 투니버스는 24시간 줄창 만화영화만 나오는, 그것도 정규방송에선 보기 힘든 작품들로 꽉꽉 채워진 꿈의 채널이었다. 비디오로만 접할 수 있었던 〈란마 1/2〉과 〈드래곤볼 Z〉가 TV에서 방영되는 광경은 평생 산에서만 살던 사람이 바다를 마주했을 때 느낄 충격에 감히 비견할 만했다. 허락만 해준다면 만경은 이대로 수진의 집 거실에 드러누워 잠도 자지 않고 TV만 들여다볼 자신이 있었다.

수진의 아버지가 평소보다 더 늦은 시간에 들어오기로 한 어느 날, 두 사람은 투니버스에서 방영하는 〈환상게임〉을 시청했다. *날아오르라 주작이여 환상의 세계 날아오르라.* 한 소녀가 '사신천지서'라는 가상의 소설 속 세계로 빨려들어가면서 겪는 기이한 모험을 다룬 동양 판타지 장르였다. 만경과 수진은 비현실적인 세계에 던져진 주인공의 위기를 넋 놓고 지켜봤다. 오후 9시가 훌쩍 넘은 시각이었다. 방문이 열리고 수진의 오빠가 거실에 나타났다. 그는 TV에 혼을 빼앗긴 수진의 뒷모습을 조용히 내려다봤다.

"수진아."

수진은 답하지 않았다. 만경이 자신에게 말을 걸 리가 없음에도 이상한 낌새조차 느끼지 못할 만큼 TV에 온 신경을 붙들린 상태였다. 수진이 손에 쥔 리모컨을 오빠가 붙잡아 당겼다. 수진은 반사적으로 짜증을 내며 손길을 뿌리치려 했다. 리모컨을 붙든 손은 단단했다. 수진은 그제야 정신을 차리고 이 손의 주인이 누군지 확인했다. 깜짝 놀란 수진의 손에서 리모컨이 미끄러지듯 빠져나갔다.

"수진아."

수진의 오빠가 수진의 볼을 꼬집었다. 수진은 눈을 밑으로 깔고 우물우물 응답했다. 볼을 꼬집는 힘이 점점 강해졌다.

"너 몇 살이야?"

"열한 살······."

"근데?"

그는 수진의 볼을 꼬집은 채 위로 확 잡아당겼다. 수진은 반쯤 선 엉거주춤한 자세로 비명을 질렀다. 그가 수진에게서 빼앗은 리모컨 끝으로 TV를 가리켰다.

"저기 뭐라고 적혀 있어?"

화면 상단 왼쪽에 '15'라는 숫자가 적혀 있었다. 시청 연령 표시였다. 화가 난 수진은 씩씩거리며 오빠를 노려봤다.

"못 봤어."

"못 봤어? 안 보여? 안 보이는데 만화는 어떻게 봐? 평생 못 볼래? 텔레비전 깨부술까? 그럴까?"

그가 꼬집은 볼을 앞뒤 좌우로 흔들듯 당겼다. 수진은 분해죽겠다는 얼굴로 오빠를 바라봤다. 오빠의 눈빛은 평온했고 목소리는 침착했다. 수진이 제아무리

또래보다 덩치가 크고 힘이 세도 오빠를 당해낼 수는 없었다. 그는 수진보다 네 살이 많았고 남자였다. 더군 다나 그는 동갑내기 중에서 이길 사람을 찾기 힘든 근 골이었다. 결국 수진은 눈물을 흘리며 양손으로 빌었다.

"미안해, 오빠, 미안해."

오빠는 수진의 볼에서 손을 뗐다.

"다행으로 여겨라, 동생아."

목 놓아 울음소리를 내려던 수진은 깜짝 놀랐다. 이 집에 다른 사람이 있었던 사실을 완전히 잊었던 것이다. 눈동자를 굴려 곁눈질로 본 곳에 만경의 형이 미소 지으며 만경의 머리를 쓰다듬고 있었다.

"쟤 동생이었으면 넌 이미 죽었어. 알지?"

수진과 만경의 눈이 마주쳤다. 만경은 눈을 피하지 않았다. TV 속에 사는 만화 캐릭터가 이쪽을 쳐다본다고 시선을 돌리지 않는 것과 같은 이치였다. 만경은 무기력하게 굴복하는 수진의 모습을 처음부터 지켜봤다. 이상한 열패감이 들었다. 만경은 자신이 응원하던 주인공이 악당에게 패배하는 모습을 목격한 기분이었다. 본인이 위기에 처하고 비굴한 모습을 보인 게 아닌데도 참담했다. 만경은 수진이 안쓰러웠다. 반면 수진은 믿기지 않는 광경을 포착한 사람처럼 얼빠진 얼굴을 하고 만경을 가만히 바라봤다. 네가? 나를? 그렇게 말하고 있는 것만 같았다.

"수진이가 칼을 던진 적이 있거든."

집으로 가는 길에 만경의 형이 말했다. 얼굴에 칼을 맞을 뻔한 수진의 오빠는 그날 이성을 잃고 수진을 때렸다. 수진은 코피를 흘렸고 몸 이곳저곳에 멍이 들었다. 그날 이후로 수진은 오빠에게 대들지 못했다. 수진의 집에는 어머니가 없기 때문에 오빠가 엄하게 대할 수밖에 없다고 만경의 형은 평했다. 만경은 그 말이 불편했다. 그게 무슨 상관인지 이해되지 않았다. 한편 수진이 보이던 폭력적인 모습은 오빠에게서 배운 게 아닐까 짐작했다.

며칠 뒤 만경은 집으로 통하는 골목에서 수진과 마주쳤다. 더럽고 낡은 돌담을 양쪽에 두고 한 사람이 겨우 다닐 수 있을 정도로 비좁은 길이었다. 그 길은 두 사람의 집으로 향하는 지름길이었다. 만경이 나타나자 수진이 밝게 웃어 보였다.

"할 말이 있는데 잠깐 따라올래?"

수진은 만경과 어깨동무를 했다. 골목 깊숙한

곳을 걸어가 아무도 볼 수 없을 것 같은 후미진 구석에
다다른 수진은 단단히 말아 쥔 주먹으로 만경의 얼굴을
때렸다. 수진은 쓰러진 만경의 가슴팍 위를 깔고 앉았
다. 그리고 얼굴에 주먹을 한 번 더 내리꽂았다.

"내가 용서할 것 같았어?"

사랑과 정의의 이름으로 널
용서치 않겠다

〈달의 요정 세일러 문〉

그 일이 있고 반년 뒤, 만경은 수진의 집 거실에
서 만화책을 읽었다. 주인이 없었기 때문에 TV 전원은
켜지 않았다. 외출을 마치고 돌아온 수진은 소파 밑에
자리를 잡은 만경을 보고 깜짝 놀랐다. 이유도 모르고
수진에게 구타를 당한 뒤 만경이 그간 수진의 집에 발
길을 끊었던 것이다. 만경은 수진에게 시선을 주지 않
았고 수진은 혼란스러운 얼굴로 머뭇거렸다. 수진은 괜
히 오빠의 방문을 열었다. 오빠와 만경의 형이 방에서
〈스타크래프트 : 브루드 워〉를 플레이하는 모습을 확인
한 수진은 만경을 지나쳐 소파에 앉았다. 아직 공중파

에서 만화영화가 시작되기 이른 시간이었다. 투니버스로 채널을 맞춰둔 채 모로 엎드리려다 무심코 만경이 읽는 만화책에 눈이 갔다. 수진은 1권을 집어 펼치고 소파 위에 드러누웠다. 30분 뒤 수진이 만경에게 말했다.

"다음 권 없냐?"

만경이 가져온 작품은 『봉신연의』였다. 수진은 이날을 기점으로 삶의 많은 부분이 바뀌고 만다. 수진의 삶에 'BL'이라는 해시태그가 새겨진 최초의 순간이었다. 그리고 수진과 만경이 친구가 된 시점이기도 했다.

사실 『봉신연의』의 장르는 BL이 아니라 중국의 고전소설을 원작으로 삼은 판타지 소년 만화다. 낚시를 하며 물고기가 아니라 세월을 낚는다는 고사로도 유명한 동명의 실존인물을 모티프로 삼은 주인공 '태공망'이 초자연적인 힘을 지닌 보패 타신편을 손에 들고 동료 도사들과 함께 대충 악의 무리와 대적해나간다는, 평범하다면 평범한 내용이다. 미형의 남성 캐릭터들이 대거 등장해서 얽히고설킨다는 점을 빼면 말이다.

작가가 의도한 바인지는 모르겠으나 수많은 여성 마니아들이 이 작품을 단순한 판타지 활극이 아니라 BL로 재해석해서 감상했다. BL의 정서가 동서고금 통

틀어 역사가 짧다고 할 순 없으나 한국만을 특정해서 말하자면 『봉신연의』는 이 땅에 이른바 '동인녀'라는 단어를 정착시키는 데 절대적인 영향력을 행사했다. 그들의 세계관에서 등장인물 양전과 보현진인은 태공망의 연인이었고 황비호와 문중의 관계는 국가의 존망을 내건 아가페의 극치였다.

"만경아. 나는 남자가 싫다."

"왜?"

"아버지랑 오빠 같아서."

그렇게 말하고 수진은 만화책을 펼쳐 보이며 말했다.

"그런데 도대체 이것은 무엇이냐."

만경에게 고백하기로 처음에는 수진도 이 작품에서 자신이 느끼는 위화감의 정체를 명확하게 정의 내릴 수 없었다. 수진의 세계관에서 눈물조차 보이지 않던 비정하고 무감각한 남자들이 이 작품 속에서는 서로를 아끼고 상처 입히며 절절한 애증의 마음을 품었다. 이 기묘한 괴리가 수진을 매혹시켰다. 수진은 선언했다.

"사랑은 정의 내리는 게 아니야. 사랑이 곧 정의인 거야."

누가 알려준 적도 없고 연애라곤 그 비슷한 것
도 해본 적 없는 수진이 『봉신연의』에서 '사랑'을 읽었
다. 그것도 남성 간의 사랑을 말이다. 수진은 그 사랑을
사랑하게 되었다.

믿기 힘든 일이었지만 만경의 전략이 맞아떨어
졌다. 직후에 이유도 모르고 얻어터졌지만 만경은 수진
이 자신에게 어깨동무한 순간 이상하게 고양됐다. 수진
과, 이 만화 같은 아이와 연결될 수 있을 것 같다는 가
능성을 엿보았다. 만경은 고심했다. 어떻게 하면 수진
과 소통할 수 있을까. 그간 수진의 만화영화 취향을 무
심코 학습했던 만경은 자세하게 설명하기는 어렵지만
『봉신연의』가 수진의 마음에 들 것이라 직감했다. 어떤
의미로 수진보다 수진에 관해 잘 아는 부분이 있었던
것이다. 수진이 BL에 빠지게 되리라곤 예상하지 못했
지만 말이다.

만경과 수진은 공교롭게도 이듬해 같은 중학교
에 진학했다. 반은 갈렸지만 수진은 쉬는 시간에 만경
이 있는 교실을 찾았다. 만화책 때문이었다. 만경이 빌
려준 만화책을 돌려주거나 대여점에서 자신이 빌려 온
다른 만화를 만경에게 읽힌 뒤 감상평을 나누기 위해서

였다. 감상평을 나눴다고는 하지만 대화라고 할 수 없을 만큼 일방적이었다.

"삼장이랑 오공은 이 정도면 결혼한 거라고 봐야지."

"클램프 『X』는 왜 이렇게 출간이 늦는 거야."

"야, 니네 형이랑 우리 오빠랑 사귀는 거 아니냐? 누가 공이고 수일라나. 우리 오빠가 덩치도 크고 힘이 세긴 한데…… 아니다, 또 모르는 거니까."

이런 식으로 남들은 잘 알아듣지 못할 얘기를 길게 늘어놓다가 종이 치면 대답도 듣지 않고 자기 반으로 돌아갔다. 만경과 같은 반 아이들은 수진을 이상한 사람 취급했다. 시간이 흐르자 수진은 만경의 반 아이들 중 절반 정도와 안면을 트고 친구가 되었다. *너 왜 저런 애랑 놀아? 설마 둘이 사귀어?* 라고 묻는 아이에게 수진은 씩 웃어 보이며 만화책을 권했다. 만경은 여전히 다른 아이들과 어울리지 못했다.

만경은 셜록에게 휘둘리는 왓슨처럼 수진을 따라다녔다. 정확히는 끌려다녔다. 둘이 사귀는 게 아닌가 하는 소문이 다른 학급에까지 퍼졌지만 만경은 신경 쓰지 않기로 했고 수진은 신경도 쓰지 않았다. 수진은 학교가 파하면 만경을 데리고 만화대여점이나 서점을 들렀다. 심지어 만경은 강제로 그림 동아리까지 들어야 했다. 만경을 제외하고 전원 여성들만 가입한 동아리였는데 '미술'이 아니라 '그림'이라는 차이 때문인지 그들은 모두 만화 마니아였다. 그래서 동아리 활동은 대체로 만화에 관해 얘기를 나누고 만화책을 돌려 보고 만화 속 인물을 따라 그리는 것이었다. 만화에 관해서라면 만경에게도 화젯거리가 없는 것은 아니었으나 이곳에서도 만경은 한 마디도 운을 떼지 못했다. 그가 따라가기 힘든 주제가 오간 이유도 있었지만 애초에 다른 동아리원들은 만경이 끼어들 틈조차 주지 않았다. 그들은 늘 할 말이 많았고 시간은 부족했다.

그렇다고 동아리원들이 만경을 배척한 것은 아니었다. 오히려 상급생들은 만경에게 관심을 표했다. *만경이는 어쩜 이렇게 귀엽니.* 아직 초등학생티를 벗지 못한 만경은 하얗고 왜소했다. 동급생 중에 만경만큼 몸이 가는 아이를 찾기 힘들었다. 그들은 만경을 두고 '여자아이'나 '인형' 같다고 말했다. 만경이 말수가 적은 것을 음침한 게 아니라 얌전한 것으로 받아들였다. 이런 반응과 평가가 익숙지 않았던 터라 만경은 얼떨떨했다. 설명하기 힘들었지만 종종 그런 시선이 꺼림칙했다. 그럼에도 만경은 동아리 활동이 만족스러웠다. 어쨌거나 자신에게 호의적인 공간이 있다는 것은 기분 좋은 일이었다. 무엇보다 동아리 활동이 즐거웠던 이유는 지수가 있었기 때문이다. 지수는 수진의 같은 반 친구였다. 지수 역시 만경과 마찬가지로 수진을 따라 그림 동아리에 들었다.

수진으로부터 지수를 처음 소개받을 때 만경은 선 채로 꿈을 꾸는 것만 같았다. 새까맣고 긴 생머리, 시종 입가에서 떠나지 않는 온화한 미소. 그리고 부드러운 목소리와 배려심이 담긴 말투까지. 〈카드캡터 체리〉에서 체리의 단짝인 '지수'와 거짓말처럼 판박이였다. 방금 만화 속에서 걸어 나온 것만 같았다. '지수'는 만경의 이상형이었다.

"너가 만경이구나. 얘기 많이 들었어. 그런데 둘이 사귄다는 거 사실이야?"

지수는 마지막에 농담이라고 말을 덧붙이고는 혼자 웃었다. 수진은 옆에서 만경의 얼굴을 힐끔 살폈다. 수진은 지수를 바라보는 만경의 눈동자에서 사랑을 읽었다. 수진은 급히 시선을 돌리고 검지로 볼을 긁적였다.

사람이 사랑에 빠지는 순간을

난생처음 봤다

〈허니와 클로버〉

세 사람은 언제나 붙어 다녔다. 등교할 때, 학교에서, 수업을 마치고 나서도 말이다. 이즈음부터 만경에게 괄목할 만한 변화가 생겼다. 느릿하고 목소리가 작았지만 만경이 먼저 말을 꺼내기 시작했던 것이다. 그 전까지는 누군가 묻는 말에 한마디 대답하는 게 고작이었다는 사실을 생각하면 대단한 성장이라고 수진은 평했다. 오롯이 지수의 덕이었다. 늘 웃는 낯으로 만경의 이야기를 들어주고 친절하게 대했다.

"양정화라고 알아? 〈선계전 봉신연의〉에서 달기 역할을 맡았고 엔딩곡인 〈Friends〉를 부른 성우인데, 그 사람이 투니버스 홈페이지에서 라디오 방송을 했거든. 그런데……."

이렇듯 만경은 지수가 알아듣지 못할 화제를 장황하게 늘어놓아 분위기를 어색함의 구렁텅이로 떠밀었지만 지수는 만경이 민망해하지 않도록 최선을 다했다.

"무슨 얘기인지는 모르겠지만 그래, 그랬구나, 만경아."

지수가 그렇게 대꾸를 할 때면 만경은 뒤늦게 수치심을 느끼고 귓불을 붉혔다. 수진은 그 모습을 지켜보다가 까르르 웃음을 터뜨리곤 했다.

셋은 노래방에서 일본 애니메이션 노래를 불렀다. *자은코쿠나 텐시노 요오니, 쇼오네은요 신와니 나레.* 지수는 목소리가 좋았고 발성이 뛰어났다. 만경은 지수가 노래를 부를 때면 넋 놓고 감상했다. 노래 부르기에 관심이 없는 만경이 기꺼이 노래방을 따라간 것은 순전히 지수의 노래를 듣기 위해서였다. 수진은 지수에게 나중에 꼭 가수가 되라며 칭찬을 잊지 않았다. 지수는 대답 없이 미소 지었다. 만경은 어째선지 그 모습이 서글퍼 보였다.

노래방 이용 시간이 끝나면 그들은 수진의 집으로 향했다. 성인이 된 수진의 오빠는 귀가가 늦었고 세 사람은 몰래 컴퓨터로 일본 애니메이션을 시청했다. 불법 다운로드 사이트인 '와레즈'를 뒤지며 그들은 당시 입소문을 타던 애니메이션들을 섭렵해갔다. 각자 조금씩 취향이 달랐기 때문에 돌아가면서 보고 싶은 것을 함께 감상했다. 수진이 〈최유기〉를 추천하면 지수가 〈이누야샤〉를, 마지막으로 만경이 〈정글은 언제나 하례와 구우〉를 신청하는 식이었다. 자막 파일을 구하기 힘들어서 그냥 영상만 감상한 적도 많았는데 그럴 때는 지수가 떠듬떠듬 해석해서 수진과 만경에게 내용을 전달했다.

"일본어는 언제 배웠어?"

"안 배웠는데."

수진이 묻자 지수가 답했다. 태연하게 눈을 깜빡이는 지수의 옆모습을 보며 만경은 솟아오르는 존경심을 숨기지 못했다. 그들은 두 편에서 세 편 정도의 애니메이션을 시청한 뒤 컴퓨터에서 파일과 검색 기록을 지우고 거실로 나왔다. 수진과 지수는 소파에 앉았고 만경은 지정석처럼 근처 바닥에 앉았다. 그곳에서 그들은 만화와 미래에 관한 얘기를 나눴다. 만경은 그 순간이 제일 행복했다. 만화 속에나 볼 법한 두 인물과 만화에 관해 진지한 이야기를 나눌 수 있다는 게 가끔은 믿기지 않았다. 마치 자신도 그들이 사는 세계의 등장인물이 된 기분이었다.

"나 만화가가 될래."

어느 날 수진이 선언했다. 그림 동아리에서 좋아하던 만화 속 장면들을 끄적끄적 모작하던 수진은 중학교 3학년이 되자 실력이 부쩍 늘었다. 아닌 게 아니라 그림만 두고 얘기하자면 정식으로 배운 적이 없는 것치고 드문 솜씨였다. 수진에게는 재능이 있었다. 또 이런 식이다. 재능은 이미 많은 걸 지니고 있다고 해서 주어지지 않는 것이 아니었다.

"동인지를 그려서 코믹월드에 참가하는 게 어때?"

지수가 제안했다. 수진은 반색하며 격하게 반응했다. 뭘로 할까? 뭘로 하고 싶은데? 당연히 『강철의 연금술사』지! 와, 좋다. 4컷 만화를 그려도 괜찮을까? 괜찮지 않을까? 그러면 나는 노래 부를래. 무대에서 애니메이션 노래자랑을 한대. 완전 좋다. 흥이 오른 수진과 지수가 아이디어를 나누고 계획을 구체화해나가고 있을 때 만경이 조용히 손을 들었다.

"스토리를 내가 맡아도 될까?"

"네가 쓴 이야기를 내가 그리라고?"

수진은 눈을 동그랗게 떴고 지수는 좋은 생각이라며 손뼉을 쳤다. 수진은 그런 지수를 보며 떨떠름한 표정을 지었다.

"뭐, 그래라. 대신 조건이 있어. 반드시 BL을 써 올 것."

지수가 만경을 빤히 바라보다 말했다.

"만경아, 기대할게."

집에 돌아온 만경은 노트에 삐뚤빼뚤한 글씨를 빼곡하게 써 내려가며 스토리를 짜기 시작했다. 가슴이 쿵쾅대고 얼굴에 열기가 돌았다. 지수에게 잘 보이고 싶었다. 나도 잘하는 게 있다고 수진에게 증명하고 싶었다. 수진이 그림을 그리기 시작하면서 만경은 만화가의 꿈을 접었다. 만경의 그림 실력은 도무지 나아지지 않았다. 티 내지 않았지만 만경은 유일한 꿈을 수진에게 도둑질당한 기분이었다. 대신이라고 말하긴 뭐하지만 만경은 그즈음 소설을 읽고 시나리오 작법을 공부했다. 충동적으로 스토리를 맡겠다고 했지만 후회하지 않았다. 이것만은, 이것마저 빼앗길 수는 없어. 그래선 안돼. 만경은 날이 새는 것도 모르고 머리를 쥐어뜯으며 책상 앞을 떠나지 못했다.

그로부터 일주일간 만경은 수진과 지수를 만나지 않았다. 멋진 결과물을 완성하기 전까지 그들 앞에

나서지 않을 각오였다. BL이라니. 그간 수진 곁에서 지겹도록 읽고 듣긴 했지만 만경은 근본적으로 그 정서를 파악할 수 없었다. 만경이 『봉신연의』에서 읽은 것은 모험과 우정이었다. 수진이 감동을 느끼는 지점과 장르가 전혀 달랐다. 문중이 *비호는 내게 고독을 빼앗아 가고 다른 것을 주었다*고 말하거나 *내가 지키고 싶었던 것은 비호가 있었던 과거의 은나라였다*는 대사를 읊을 때 만경은 그것을 오랜 친구에 대한 감사와 회한으로 해석했고 수진은 서툴고 비뚤어진 사랑을 읽어냈다. 수진이 좋아할 만한 이야기는 도대체 무엇인가.

"동생, 오늘은 수진이랑 안 놀아?"

방문을 열고 만경의 형이 얼굴을 들이밀었다. 만경은 무심코 형을 뚫어져라 쳐다봤다. 만경의 형은 고개를 갸웃거리고는, 나갔다 온다, 고 말한 뒤 문을 닫았다. 잠시 후 현관문이 열리고 닫히는 소리가 들렸다. 다른 대학에 입학했지만 만경의 형과 수진의 오빠는 여전히 자주 어울렸다. 만경은 언젠가 지나가듯 말했던 수진의 추측성 농담을 떠올렸다. 능글맞고 장난기가 넘치는 형과 강하고 진중한 수진의 오빠. 걸어 잠근 문, 그 안의 두 남자. 이거다.

만경은 자신의 형과 수진의 오빠를 떠올리며 시나리오를 써 내려갔다. 그 전까지 벽에 가로막힌 듯 한치도 상상을 펼쳐나가지 못했던 게 거짓말 같았다. 조악한 실력으로나마 콘티까지 완성한 만경은 곧바로 수진의 집으로 향했다. 아직 지수가 있을 시간이었다. 서둘러 이야기를 들려주고 싶었다. 수진의 집 거실에는 아무도 없었다. TV는 켜져 있었고 채널은 투니버스였다. 컴퓨터가 있는 수진의 오빠 방에서 인기척이 들렸다. 수진의 오빠는 만경의 형을 만나러 밖에 나가 있을 것이었다.

방문이 조금 열려 있었다. 열린 문틈으로 지수의 뒷모습이 보였다. 만경은 문을 천천히 열었다. 마주 서 있는 수진과 지수의 모습이 보였다. 두 사람은 입을 맞추고 있었다. 지수에게서 입술을 떼지 않은 채 수진이 감았던 눈을 떴다. 만경과 수진의 눈이 마주쳤다. 수진은 시선을 피하지 않았다. 만경은 수진의 얼굴에서 동정심을 읽었다. 아주 약하고 가여운 생명체를 바라보는 듯한 눈이었다. 네가? 어떻게 내게?

수진은 중학교 3학년이 되어 키가 훌쩍 커서 170센티가 넘었다. 머리 스타일이 더 짧아졌고 콧날은 날카로웠다. 몇몇 후배 여자아이들이 수진에게 과자를 선물했고 수진도 그것을 꽤 즐기는 눈치였음을 만경은 기억했다. 수진은 여자들에게 친절하고 따뜻했다. 세일러 우라누스처럼 말이다. 지수는 왜 '지수'인가. 만화 속 지수 역시 단짝 친구인 체리를 오래도록 짝사랑했다. 수많은 작품을 봤지만 이런 종류의 '만화 같은 일'이 자신에게 일어날 것이라고 만경은 한 번도 상상하지 못했다.

만경은 지수가 눈치채지 못하게 조용히 밖으로 나섰다.

다음 날 학교를 파하고 집으로 가는 골목에서 만경은 수진과 마주쳤다. 언젠가 수진이 말을 걸고 어깨동무를 했던 바로 그 장소였다. 수진은 만경을 기다리고 있었다.

"할 말 있으니까 따라와."

굳은 얼굴로 수진이 말했다. 앞장서서 걸어가려는 수진의 등에 대고 만경이 말했다.

"수진아."

수진이 발걸음을 멈췄다.

"수진아."

　　수진은 만경을 바라봤다. 두 사람은 조금 떨어진 곳에 서서 서로를 마주 봤다. 만경이 눈물을 흘리기 시작했다. 수진이 만경의 우는 모습을 정면에서 보는 것은 처음이었다. 수진에게 코피가 나도록 맞을 때도 만경은 울지 않았다.

　　"용서 안 할 거야. 절대 못 해."

　　만경은 그대로 몸을 돌리고 골목을 빠져나왔다. 수진은 멀어지는 만경의 뒷모습을 바라봤다.

　　그 뒤로 만경은 수진과 지수를 피했다. 두 사람은 전처럼 만경의 반을 찾지 않았고 만경은 동아리 모임에 참석하지 않았다. 만경은 다시는 그들을 마주하지 않을 심산이었다. 그러나 마음처럼 되지는 않아서 만경은 하교하는 지수의 뒷모습을 목격하고 말았다. 만경은 제자리에 멈춰 지수를 지켜봤다. 지수는 웅크려 앉아 소리 없이 울고 있었다. 다른 아이들이 웅성거리며 지수를 피해 길을 지나갔다. 지수 옆에 수진은 없었다.

　　몇 번인가 수진과 지수를 일별했지만 말 한마디 나누지 않고 스쳐 지나갔다. 만경은 더 이상 수진과 지수가 함께 다니는 모습을 볼 수 없었다. 위화감이 들었다. 수진과 지수 주변에 사람이 없었다. 말수가 많지 않

은 지수야 그렇다 치더라도 친화력이 뛰어나고 인기가

높았던 수진 곁에 친구가 없는 것은 이상한 일이었다. 오래지 않아 만경은 깨달았다. 세 사람에게 있어서 중학생 시절 내내 친구라 부를 만한, 자신이 좋아하는 주제로 원 없이 대화가 통하는 상대는 서로뿐이었다. 수진의 같은 반 아이들은 만날 만화나 BL에 관해 대놓고 운운하고 여자 후배들에게 추근거리는 수진을 진작부터 이상한 아이로 여겼다. *기분 나빠.* 그림 동아리 후배들의 사정 역시 크게 다르지 않아서 그들은 모임 시간이 아닌 '밖'에서는 수진과 지수에게 되도록이면 알은체를 하지 않았다.

만경은 어쩐지 자신이 사는 세계로 수진을 끌어들인 것만 같았다. 의도치 않게 수진의 삶을 망가뜨린 기분이었다. 유년기를 외톨이로 지내온 자신에게는 나름대로 익숙한 일이었지만 수진이 어떤 기분을 느끼고 있을지 가늠이 되지 않았다. 몇 달 뒤 만경은 중학교를 졸업했다. 만경은 수진과 지수와 다른 고등학교로 진학했다. 그 뒤로 만경은 우연이라도 두 사람을 보지 못했다. 고등학생이 된 만경은 겉돌았고 스스로를 고립시켰다. 누구와도 어울리고 싶지 않았고 바람대로 누구도 만경과 어울리지 않았다. 바뀐 것은 없다고 생각했다. 하지만 만경은 예전처럼 만화에 열광하지 않았다.

시간이 더 흘러 만경은 어른이 되었다. 어릴 적에 그렸던 만화 속에서 일어날 법한 기적 같은 사건은 일어나지 않았다. 만경은 대학을 졸업하고 전공과는 무관한 작은 회사에 취업을 했다가 오래지 않아 퇴사했다. 국비지원을 받아 코딩을 배웠다. 만경은 생각했다. 그렇게 많은 만화를 봤는데 주인공이 프로그래머인 작품은 없었던 것 같아. 만경은 고양이 둘과 7평 남짓한 원룸에서 생활하는 삼십대 남성으로 컸다. 종종 밤 산책을 나서고 주말에는 보드게임 동호회 사람들을 만났다. 귓불이 익을 만큼 수치스러운 말실수나 주제를 꺼내는 일은 더는 없었다. 애초에 입을 잘 열지 않았다. 이외에 웹소설을 읽는 것이 만경의 소소한 취미였다.

만경 씨는 그런 게 재밌어? 소통하지 않고 스마트폰만 들여다보는 만경을 두고 직장 동료가 물었다. 만경은 씨익 웃어 보였지만 그들에게 웹소설을 읽어보라고 권하진 않았다. 만경은 지하철을 타고 퇴근을 할 때 『전지적 독자 시점』처럼 이 세계에 자신이 읽던 소설 속 세계가 덧씌워지는 공상에 빠졌다. 내가 알던 세상은 멸

망하고 나에게만 유리한 세상에 편입되는 그런 멋진 상상. 어릴 적 보던 만화가 성장 이후의 세계를 꿈꾸게 만들었다면 웹소설은 성장을 모두 마치고 난 뒤의 세계를 보여줬다. 기억을 간직한 채 과거로 돌아가서 나의 잘못된 지난날을 수정하거나 나보다 못난 사람들로 가득한 이상한 세계로 떠나는 것이 웹소설의 골자라고 만경은 평했다. 이곳은 늘 위험하고 힘들므로 안전한 장소가 필요했다. 성장의 끝에 퇴행과 도피가 있었다.

"동생, 수진이 결혼한댄다."

오랜만에 만나 술을 마시다가 만경의 형이 꺼낸 말이었다. 아, 이건 좀 뻔한데. 감흥 없는 얼굴로 그렇게 생각하던 만경은 뒤늦게 웃음을 터뜨렸다. 수진이 결혼을 해서가 아니라 오래전 수진이 두 사람을 두고 했던 추측성 농담이, 자신이 썼다가 그대로 폐기할 수밖에 없었던 콘티가 떠올라서였다.

"왜 웃어?"

"형, 아직도 그 형 만나?"

만경의 형은 물음에 답하지 않았다. 그 대신 한동안 생각에 잠긴 표정을 지었다. 만경은 웃음을 참으며 입을 꾹 다물고 형의 빈 잔에 술을 따랐다.

"그런데 너 수진이 좋아하지 않았냐?"

만경은 형을 빤히 쳐다봤다.

"아닌가. 수진이가 너를 좋아했던가."

만경의 형은 잔을 비운 뒤 담배를 피우러 자리를 떴다. 만경은 홀로 술을 한 모금 넘겼다. 만경은 이제 수진이 궁금하지 않았다. 채널을 돌리거나 TV 전원을 끄듯 관계를 정리한 이후로 수진이 어떤 삶을 살아갈지 상상했던 시기도 있었다. 그마저도 이미 오랜 옛날이었다. 그러나 갑자기 해묵은 의문 하나가 마음을 어지럽혔다. 형 말마따나 자신이 수진을 좋아했던가. 아니다. 수진은? 그럴 리 없다. 왜 사람들은 나와 수진이 붙어다니면 사귀는 거냐고 물었을까. 수진이란 아이는 도대체 누구였고 그에게 나는 어떤 사람이었을까. 만경은 시간이 지나도 이해할 수 없을 것들에 관해 생각하다가 고개를 가로저었다. 이만하면 됐어. 사랑과 정의는 이제 지긋지긋해.

난 어쩌면 널 모를 거야
가까이 있지만 뒤돌아 있는 네 마음 볼 수 없으니
나 하지만 고마워할게 지금껏 너와 함께한

⟨선계전 봉신연의⟩ 엔딩 송

수진은 여전히 만화를 즐겨 봤다. 만화가가 되지는 못했지만 리디북스에서 BL 소설을 연재했다. 그러나 그 사실을 주변 누구에게도 알리지 않았다. 심지어는 결혼을 약속한 연인에게마저 비밀에 부쳤다. 대외적으로는 호오가 적게 갈리는 대중적인 취향을 가장했다. 이른바 '일반인 코스프레'였다. 마니악한 것을 넘어 사회적 인식이 좋지 못한 취미와 취향을 노출했다가 따돌림당하고 상처를 받은 경험 때문이었다. 불편한 이중생활을 하면서도 수진은 '덕질'을 놓지 않았다. 이제 그것을 빼놓고는 자신이 성립되지 않는다는 걸 알았다.

2018년에 ⟨봉신연의⟩ 신작 애니메이션이 방영됐다. 엉성한 오리지널 스토리로 욕을 먹었던 원년 애니메이션과 달리 원작 만화에 충실한 작품이 될 것이라는 소문에 팬들은 열광했지만 결과는 처참했다. 방대한 원작의 스토리를 짧은 분량에 급하고 불친절하게 욱여넣은 결과였다. 신규 팬들뿐만 아니라 원작 팬들에게마저 외면받은 불운의 리메이크 프로젝트였다. ⟨세일러 문〉 역시 마찬가지였다. 탄생 20주년을 기념해 역시 원작에 충실한 리부트를 약속했지만 1기, 2기가 거하게 망해버렸고 그나마 감독이 바뀐 3기에서 평가를 회복하는 데 성공했다. 〈카드캡터 체리〉의 후속작에 팬들은 반색했고 반응도 나쁘지 않았지만 과거의 영광은 없었다. 〈환상게임〉 원작 만화는 아직 완결이 나지 않았다. 〈후르츠 바스켓〉의 새로운 애니메이션은 나름대로 성공적이었으나 구작 팬들은 어째선지 마뜩잖아했다. 이제 그들은 〈이누야샤〉 후속작에 마지막 기대를 내걸었지만 그마저도 반응이 신통치 않았다.

수진은 이 모든 작품을 빼놓지 않고 감상했다. 예전만큼 재미를 느끼거나 감동받진 않았지만 그럼에도 무시하고 지나칠 수는 없었다. 사람들은 왜 과거를 놓지 못하고 열광하는가. 대충 살아보고 견해을 뽑아보니 그때가 좋아서? 그랬던가. 세기말 즈음 아니었던가. 그래놓고 리부트나 후속작을 내오면 왜들 그렇게 눈에 불을 켤까. 자신의 추억을 망쳤다느니 어쩌니. 애초에 당장이라도 세계가 망할 것 같던 그 이상한 시대에 왜들 그렇게 만화를 많이 보여줬을까. 혹시 어른들이 아이들을 돌볼 여력이 없었던 것은 아닐까. 그런 생각에 빠져 있다

보면 수진은 만경을 떠올렸다. 눈동자가 크고 만지면 깨질 것처럼 여리던, 만화에나 나올 법한 아이였다. 수진의 과거와 추억은 대체로 만경으로 이루어져 있었다.

어릴 적 수진은 한 만화영화가 완결 날 때마다 말로 다 표현할 길 없이 서글펐다. 결말을 본 순간 수진은 주인공과 그의 친구들이 살아가는 세계에서 홀로 퇴장하거나 추방당하는 기분이었다. 내가 사랑하던 그들은 이제 나랑은 무관한 세계에서 씩씩하게 살아가겠지. 그래서 수진은 울었다. 눈물과 콧물을 옷소매로 한참 닦다 무심코 고개를 돌리자 만경이 보였다. 어두운 거실에서 홀로 밝게 빛나는 TV를 조금 떨어진 곳에 앉아 바라보고 있는 만경의 옆모습이 지금도 생생했다. 눈물을 닦지도 않은 채 화면에서 눈을 떼지 못하는 만경을 힐끔 쳐다보다가 수진은 고개를 밑으로 떨어뜨렸다. 만화가 끝나도 수진은 채널을 바꾸지 못했다. 수진은 어린 시절 늘 붙어 다니던 그 이상한 친구가 앞으로도 떠오를 것 같다고 예감했다.

코인노래방에서

"장범준이 싫다고?"

동네 하천을 따라 밤 산책을 하던 중이었다. 연인은 믿기 힘든 소식을 들은 사람처럼 걸음을 멈췄다.

"싫단 얘기가 아니고."

"한국 살면서 김치 못 먹는 소리 하고 앉았네."

실언이었다. 길거리에서 장범준의 노래가 들렸기에 무심코, 그의 노래를 따로 찾아 들어본 적이 없다, 찾아보기도 전에 들리니까, 라고 말한 것이 화근이었다. 온종일 내게 장난칠 마음으로 가득한 연인에게 먹음직스러운 미끼를 제공해준 격이었다. 더군다나 내가

김치를 썩 좋아하지 않는다는 사실마저 교묘하게 파고

들었다. 나는 한숨을 내쉬며 연인의 손을 잡아끌었다.

　　연인의 장난은 대체로 즐거웠지만 때로는 말도

안 나올 만큼 곤란했다. 생각지도 못한 본심을 들춰낼

때가 있었기 때문이다. 눈치가 없는 것인지 알면서도 부

러 그러는 것인지 연인은 나 스스로 알아채지 못했거나

애써 외면하려던 진실을 파헤쳤다. 사소하게 흘린 말도

그냥 넘어가주는 법이 없는 연인이 가끔은 얄미웠다.

　　"감성이 조금 올드해."

　　"레트로가 유행이잖아."

　　"하지만 곡이 다 비슷비슷하다구."

　　"일관된 음악 세계가 있는 편이지. 본인이 무얼

좋아하고 잘하는지 파악하고 있는 것 같아."

　　농담에서 시작한 대화가 점차 심화됐다. 진지한

말싸움에서 연인을 이겨본 적이 없었으므로 차라리 솔

직하게 털어놓기로 마음먹었다.

　　"그래도 너무 올어."

　　연인은 잠시 말을 멈추고 흐음, 하더니 흐어어,

하고 울듯이 노래 불렀고 그 바람에 나는 웃음을 터

뜨렸다. 잠시 후 우리는 코인노래방을 찾았다. 기계가

1000원짜리 지폐를 삼키자 크레딧이 '04'가 됐다. 우리는 번갈아가며 두 곡씩 부르기로 했다. 내가 선창을 마치자 연인이 마이크에 대고 목소리를 낮게 깔았다.

"노래를 잘 부르는군. 누나랑 친구 할까?"

나는 고개를 가로저으며 손사래 쳤다. 연인은 킬킬거리며 오마이걸의 〈비밀정원〉을 선곡했다. 실내가 어두워지고 청량한 멜로디가 울려 퍼졌다. *난 아직도 긴 꿈을 꾸고 있어, 그 어떤 이에게도 말하지 못했던.* 연인은 자리에서 일어나 역동적으로 몸을 움직였다. 음악과 절묘하게 따로 노는 몸놀림이었다. 새삼 연인의 노래가 용감하다는 생각이 들었다.

"무슨 뜻이야?"

곡을 마친 뒤 그 생각을 전하자 연인이 숨을 고르며 물었다.

"음정이랑 박자가 안 맞아도 씩씩하게 부른다는 뜻이야."

"그렇다면 너는 겁쟁이네."

"왜?"

"틀릴 때마다 노래를 멈추잖아."

뭐라 대꾸할 말이 없어서 눈을 껌뻑이다 애먼

리모컨만 꾹꾹 눌렀다. 우리는 네 곡을 다 부른 뒤 기계에 1000원을 추가로 집어넣고 다시 네 번째 곡이 끝나갈 때쯤 새로운 지폐를 꺼내 들었다.

"이번엔 가장 슬픈 노랠 부르자."

크레딧이 두 개 남은 시점에서 레퍼토리가 떨어진 연인이 제안했다. 고심하던 나는 검색 기능으로 가수와 제목을 찾아보지 않고 10458을 입력했다. 빛과 소금의 〈내 곁에서 떠나가지 말아요〉였다. *나약한 내가 뭘 할 수 있을까 생각을 해봐, 그대가 내게 전부였었는데, 음음 제발……*.

1절이 지나고 간주가 시작됐을 때 별안간 정우가 생각났다. 까닭을 가늠하다 2절 첫 소절 박자를 놓쳤다. *우우, 돌이킬 수 없는 그대 마음, 우우, 이제 와서 다시 어쩌려나, 슬픈 마음도 이젠 소용없네.*

"감성이 올드하다느니 어쩌더니 지가 더 하네."

"레트로가 유행이라잖아."

나는 어깨를 한 번 으쓱했고 연인은 입술을 비죽거렸다. 마지막으로 연인은 보아의 〈No. 1〉을 선곡했다.

코인노래방을 나서고 집으로 향하는 동안 우리는 학창 시절에 즐겨 듣던 음악에 관해 기억을 되짚었다. 연인의 음악 취향은 대중적인 편이었다. 그 시절 그 나이대 청소년이라면 누구나 들어보고 불렀을 법한 뮤지션과 노래를 주로 입에 올렸다. SG워너비, 버즈, 테이, 에픽하이를 거쳐 소녀시대, 원더걸스 그리고 카라. 연인은 싸이월드 BGM으로 인기를 끌었던 프리스타일 〈Y〉, 하울과 제이가 부른 〈Perhaps Love(사랑인가요)〉 같은 노래를 얘기하다 진즉 흥미를 잃은 내 얼굴을 포착했다.

"그러니까 록발라드가 좋단 거지? 야다나 플라워 아니면 더 크로스?"

연인의 장난기가 다시 발동할 기세였다. 나는 우물쭈물하다가 말을 꺼냈다.

"나는 문화사대주의자였어."

"무슨 소리야?"

"팝을 좋아했거든."

"아, 허세남."

연인은 텅 빈 눈빛으로 고개를 끄덕여 보였다.

"새삼스럽지만 우리 코드 되게 안 맞는다."

"아냐, 흥미롭네. 계속해봐."

나는 브리트니 스피어스의 충격적인 가수 데뷔

와 엔싱크, 백스트리트 보이스의 대결 구도 같은 얘기들을 늘어놓았다. 지난 시대의 서구권 뮤지션에 그다지 관심이 없던 연인도 웨스트라이프의 출신지가 미국이 아니라 아일랜드였다는 얘기에는 제법 흥미를 보였다. 의외다, 반전이다, 라고 혼잣말을 하고는 중학교 영어 시간에 배웠다며 〈My Love〉를 흥얼거렸다. 아이 원더 하우, 아이 원더 와이, 아이 원더 웨얼 데이 아, 더 데이즈 해드 더 송즈 위 생 투게더. 솔직한 발음에 내가 입가를 씰룩이자 연인이 주먹으로 옆구리를 찔렀다.

우리는 캔커피와 바나나우유를 마시며 근처 놀이터의 빈 벤치에 자리를 잡았다. 조금 떨어진 곳에서 대학생으로 보이는 커플이 맥주를 마시며 대화를 나눴고 다른 벤치에 노인 한 사람이 침묵을 지키고 앉아 있었다. 우리는 빈 그네와 미끄럼틀을 바라봤다. 풀벌레 소리가 들려왔고 땀에 젖은 옷이 바람에 조금씩 말라갔다. 나는 이럴 때는 유선 이어폰이 아쉽다며 투덜거렸다. 256메가바이트 아이리버 MP3로 음악을 재생시키고 이어폰을 한 쪽씩 나눠 갖던 재미가 있었다고 말하자 연인이 눈을 게슴츠레 뜨며 물었다.

"누구랑 그렇게 노래를 들었는데?"

"친구랑 들었지, 친구랑."

"남자? 여자?"

"남자."

"혹시 나랑 위장 연애?"

"들켰군. 이제 어쩔 셈이지?"

"하, 어쩐지 주변에 남자가 많더라니."

연인은 그렇게 말하고는 허밍을 흥얼거렸다. 흠 흠 흠 흠흠, 흠 흠흠 흠흠 *마이 러브.* 이상한 기분이 들었다. 코인노래방에서 정우가 떠올랐기 때문이다. 용기가 솟았던 걸까. 혹은 그간 고백할 상대와 순간을 기다렸는지도 몰랐다. 발설된 비밀은 무엇이 되는지 궁금해졌다. 유대? 추억? 대화의 레퍼토리? 이 말을 꺼내기 전의 나와 이후의 나는 무엇이 다를까. 머리가 어지러웠지만 발설 자체가 목적인 말이 존재할 수 있다는 사실을 새삼 깨달았다. 지금 이 순간 이 사람이 아니면 평생 털어놓지 못할지도 모른다는 두려움이 일었다. 그래서 누구에게도 내보인 적 없던 비밀 하나를 입 밖으로 꺼냈다.

"근데 내가 걜 좋아했어."

우리는 근본적인 내면의 속성이 달랐다. 어릴

적부터 나는 거의 모든 감정과 말을 표출하지 못하고 내성발톱처럼 내부로 깊숙하게 파고들도록 내버려뒀다. 나는 조용하고 눈에 띄지 않으며 자존감이 바닥을 짚는 우울한 중학생으로 컸다. 반면 정우는 속에 무언가 쌓일 새도 없이 바깥으로 뿜어내버리고 후련하게 웃어버렸다.

　　다른 반 아이들과 축구 시합을 한 적이 있었다. 나는 머릿수를 채우기 위해 후방에 서서 아이들이 운동장 이곳저곳으로 공을 옮겨 다니는 모습을 지루하게 살폈다. 공격수였던 정우가 상대편 수비를 맡은 아이와 몸싸움을 하다 넘어졌다. 정우는 위험한 자세로 무너져 운동장 바닥을 굴렀다. 상대방이 손을 내밀자 정우는 웃는 낯으로 그 아이를 올려다보았다. 나중에 들어보니 미안해, 괜찮아? 라는 말에, 괜찮아, 라고 대답했다고 한다. 정우는 그 아이의 손을 잡고 일어났다. 그리고 그 아이의 명치에 주먹을 꽂았다. 어때, 괜찮아? 정우는 쓰러진 아이에게 그렇게 말했다. 우리가 아직 친구가 되기 전의 일이었다.

　　"완전 싸이코네. 그런 애를 어쩌다 좋아한 건데?"
　　나는 이야기를 보채는 연인의 얼굴을 물끄러미

바라봤다.

"이상하지 않아? 내가 남자를 좋아했다니까?"

"어쩌라고. 지금은 날 좋아하잖아."

나는 말을 멈추고 주변을 살폈다. 다른 벤치에 앉아 있던 커플이 맥주를 다 마셨는지 자리를 정리하고 있었다. 그 모습을 바라보며 복잡한 마음을 골랐다. 연인이 나를 '이상한 사람' 취급하지 않을 것이란 신뢰가 있었기 때문에 꺼낸 고백이었지만 그렇다고 이런 천연덕스러운 반응을 기대한 것은 아니었다. 내 말을 진지하게 받아들이지 않는 것인지 아니면 선입견이 없는 척을 하는 것인지 가늠이 어려웠다. 생각을 정리하고 말을 이었다.

"드라마틱한 사건이 있었던 건 아니고 그냥 그 애가 말을 자주 걸었어."

정우는 누구에게나 쉽게 대화와 농담을 건네는 아이였다. 소년티를 벗지 못한 뽀얀 얼굴로 늘 웃는 낯이던 정우를 같은 반 아이들은 대체로 호감을 갖고 대했다. 그러나 나는 정우가 불온하다고 생각했다. 정우가 아무도 눈치챌 수 없는 리듬으로 분노를 터뜨리는 아이였기 때문이다. 축구 시합 때 있었던 일이 아니더라도 정우는 그런 식으로 다른 아이들과 갈등을 겪곤 했다. 그러다 언제 그랬느냐는 듯 다시 그들과 사이좋게 지내는 광경이 이해되지 않았다. 앞에서 생글생글 웃다가도 어느 순간 주먹을 내질러 내 코뼈를 주저앉힐지 몰랐기 때문에 나는 정우가 두려웠다. 그래서 쉬는 시간에 정우가 근처로 다가오면 눈에 띄지 않으려 화장실도 가지 않았다. 대체로 귀에 이어폰을 끼운 채 책상 위에 고개를 파묻고 자는 척을 했다.

뭐 들어? 그런 말을 들었던 것 같다. 엎드려 있는 내게서 누군가 이어폰 한쪽을 빼갔다. 놀라서 고개를 들어보니 코앞에 정우가 있었다. 명백하게 무례한 행동이었지만 갑작스러운 전개에 몸이 굳어 적절한 대응을 찾을 수 없었다. 정우는 뺏어간 이어폰을 귀에 꽂았다. 어, 웨스트라이프. 나도 좋아하는데. 정우는 반색을 하며 나를 바라봤다. 그때 순순히 인정하기로 했다. 실은 마음 한구석으로는 정우랑 친하게 지내고 싶었던 것이다. 나는 정우를 필요 이상으로 경계하면서도 자꾸 곁눈질했다. 순전히 정우가 내 취향의 외모였기 때문이다. 내 얼굴이 정우 같았다면 어땠을까 상상했다. 친해지고 싶다가도 친해지고 싶지 않았다.

"잘생겼었구먼."

연인이 감탄했고 나는 대꾸하지 않았다. 갑자기 주변이 어수선해졌다. 교복을 입은 대여섯 명의 혼성 무리가 손에 아이스크림을 들고 놀이터에 나타났다. 그들은 그네로 향하며 높고 커다란 목소리로 웃고 욕을 하며 바닥에 침을 뱉었다.

"자리 옮길까?"

"난 괜찮아. 아무튼, 그래서?"

"그다음부터는 자연스럽게 음악도 같이 듣고 대화도 나누고 그랬지. 2학기쯤 돼서는 거의 한 몸처럼 붙어 다녔고."

"얼마나 어떻게 붙어 다녀야 한 몸이 되지?"

"안고 어깨동무하고 손잡고."

연인은 눈을 동그랗게 떴다.

"안아? 손을 잡아? 남자애들도 그래?"

"여자애들은 그래?"

"나는 그랬는데. 너 남고였지? 남고라 그런가."

"모르겠어. 다른 애들이 우리보고 게이라고 놀린 걸 생각하면 일반적이진 않았겠지."

무언가 재밌는 농담이 오갔는지 비명 같은 웃음

소리가 그네 쪽에서 터져 나왔다. 아직 놀이터 한쪽 구석에는 노인이 앉아 있었다.

"진담으로 놀린 애는 없었을 거야. 그렇게 가까운 곳에 생소한 성향을 지닌 누군가 있을 것이라고 생각하기 어려운 시기니까. 나 역시 그랬고. 무엇보다 나는 그렇다 치더라도 정우를 함부로 대하는 애는 없었거든."

나와 정우가 가까워진 이후로 우리에게 각각 별명이 붙었다. 정우는 '남친'이었고 나는 '여친'이었다. 게이라는 표현보다 이 호칭이 더 기분 상했다. 정우가 남친이고 내가 여친이라 불리는 이유를 알 것 같아서 그랬고 여친이라 불리는 걸 기분 나빠 하는 내가 추하게 느껴졌기 때문이기도 했다. 후순위로 밀려나고 상대적으로 낮은 등급이 매겨진 느낌이었다. 그럼에도 누구에게 티 내거나 불만을 표하지 않았다. 설명하기도 어려웠거니와 이해받을 수 있을 거란 기대도 없었다. 한편 정우는 속도 없이 나를 여친, 여친이라 부르며 어깨동무를 하고 뽀뽀하는 시늉을 했다. 그럴 때면 나는 기함을 하며 몸서리를 쳤다.

"내가 진짜로 입술을 맞출 거라고는 상상도 못 했겠지."

우리는 일주일 중 7일을 붙어 다녔다. 학교가 파한 뒤 정우의 집에 놀러 가거나 정우가 나의 집에 왔다. 주말에는 정우를 따라 교회를 다녔다. 토요일 저녁 청소년부 모임과 일요일 오전 예배에 참석하고 함께 찬양단 활동을 했다. 로멘 *식스틴 나인틴 세이, 선한 데는 지혜롭고 악한 데는 미련하라.* 일요일 예배가 끝나면 근처 PC방을 가기도 했지만 우리는 주로 노래방으로 향했다. 정우는 웨스트라이프뿐만 아니라 그 시기의 보이그룹을 좋아했다. 엔싱크와 백스트리트 보이스 말이다.

우리는 〈Uptown Girl〉 〈Bop Bop Baby〉 〈I Want It That Way〉 〈The Call〉 〈Pop〉 〈Bye Bye Bye〉 등을 부른 뒤 〈As Long As You Love Me〉 〈More Than Words〉를 부른 후 마지막으로 〈My Love〉를 불렀다. 우리의 노래 실력은 차치하고라도 영어 발음이 끔찍한 수준이었기 때문에 반 정도는 노래방 반주 기계가 뽑는 멜로디를 감상하는 수준이었다. 가끔 브리트니 스피어스를 부르기도 했지만 이 세 리스트는 고정된 메들리에 가까웠다. 퀸이나 비틀스 같은 더 옛날 노래도 부르고 싶었지만 정우가 잘 몰랐기 때문에 선곡해본 적은 없었다. 팝송을 좋아해서 다행이라고 생각했다. 그게 아니었다면 정우와 친해질 일도 없었을 테니까.

　신께 기도했다. 이 아이를 제게 주셔서 감사합니다. 제발 도로 거두어 가지 말아주세요. 불길한 확신이 있었다. 특별한 까닭이나 조짐 없이 내 곁에 다가왔던 그날처럼 떠날 때도 그러리라는 절대적인 예감이었다.

　그전부터 친해지고 싶었어. 정우는 말했다. 왜, 라고 물었지만 정우는 눈매를 찡그리며 머리를 긁었다. 설명하기 어려워. 그런 게 뭐가 중요해. 내겐 중요한 문제였다. 어떻게 정우가 나 같은 아이와 어울리는지 납득되지 않았다. 정우가 나를 눈여겨봤단 사실을 믿기 어려웠다. 나는 질문을 바꿨다. 팝송이 왜 좋아? 정우는 대답 대신 한숨을 쉬며 질책했다. 너는 그게 문제야. 좋은데 왜 자꾸 이유를 찾아? 그 말에 별다른 대꾸를 하진 않았지만 할 말이 없었던 것은 아니었다. 사람의 감정에 인과가 없다면 그것만큼 무섭고 외로운 일이 또 있을까. 아름다운 것을 아름답다 느끼는데 아무런 까닭도 없다면 끔찍한 것에 대해서도 질문을 던져서는 안 된다고 생각했다. 나는 스스로를 끔찍한 사람으로 여겼다. 그래서 이유가 필요했다.

　나는 못생긴 아이였다. 내 얼굴과 몸이 말도 못

할 만큼 끔찍했다. 긁으면 안 될 걸 알면서도 긁게 되는 가려움증처럼 거울을 들여다본 뒤 좌절하고 스스로 혐오했다. 얼굴에 여드름이 돋아나고 생각지 못한 곳에서 털이 자라기 시작한 중학생 때였다. 내가 못생긴 사람이라는 사실은 부정과 반박이 불가능하다 믿었고 그래서 나는 내 이름도, 이름을 적는 손글씨와 나를 부르는 모든 호명이 끔찍했다. 목소리며 젓가락질하는 손가락은 물론이고 나의 걸음걸이마저, 일거수일투족이, 나의 것이라면 모든 게 마음에 안 들었다. 그래서 누군가 나를 쳐다보는 것도 견디기 힘들었다. 정우가 나를 바라볼 때 나는 정우의 눈을 제대로 마주친 적이 없었다. 실은 이 정도는 문제도 아니었다. 정우를 대하는 나의 부자연스러움은 상식에서 벗어난 수준이었다.

　　등교하기 전부터 나는 극도로 긴장했다. 어떤 낯으로 대해야 하지? 오늘은 먼저 말을 걸어볼까? 어떤 화두로? 그런 생각에 매몰되다 1교시가 시작될 때는 정우와 시선을 맞추지 않기 위해 이어폰을 귀에 꽂고 또 자는 척을 했다. 친해지기 전과 다를 바 없었다. 정우는 다음 쉬는 시간이 되어서야 내게 다가왔다. 돌이켜보면 정우는 꽤 사려 깊었다. 이유는 모르지만 내가 아침마다 기분이 좋지 않다고 생각했던 모양이다. 한 번도 내게 '왜 먼저 말을 걸지 않아?'라고 묻지 않았다. 우여곡절 끝에 정우와 하루를 함께 보내고 집에 돌아와 잠들기 전에는 극심한 우울을 느꼈다. 나는 마치 날이 지나면 모든 기억과 관계가 지워지는 것처럼 굴었다. 정우는 지속적인 소유의 대상이 아니었다. 절대자에게 겨우 허락을 맡고 빌려 온 일시적인 존재였다. 언제라도 반납할 각오를 다져야만 했다. 아침이 오는 걸 유보하듯 지칠 때까지 그런 생각에 빠져 있다 잠들곤 했다.

이렇듯 정우와의 관계는 정신증적인 고통을 감내해야 하는 일이었다. 열등한 내가 내 처지를 이해할 수 없는 우월한 누군가와 교감하기 위해서는 주어진 에너지보다 더 많은 기운을 소진해야만 했다. 걸음걸이를 바로 하고 글씨를 연습하고 말을 뱉는 속도와 발음을 정확하게 하려 하루를 모조리 소모한 뒤 처참하게 울어버리는 사람의 기분을 정우는 알지 못했을 것이다. 정우는 모든 점에서 나와 달랐다. 정우는 자신의 모든 것을 사랑하는 사람처럼 보였다. 그 애정은 타당했다. 나였더라도 그랬을 것이다. 될 수 있다면 정우로 살고 싶었다. 그 끔찍한 기분이나 상태를 전혀 체험해본 적 없는 생명체가 존재한다는 게 신비했다. 정우가 나와 친해지고 싶었던 것은 바로 이런 지점 때문인지도 몰랐다. 정우는 자신을 자랑스러워하고 사랑하는 것 못지않게, 어쩌면 그 이상으로 자신을 자랑스러워하고 사랑하는 내가 마음에 들었던 게 아닐까. 이렇게 생각하면 그때 우리의 관계가 조금은 말이 되지 않나.

　여기에서 우리가 서로를 대하는 태도의 결정적인 차이가 생겼다. 내가 정우를 좋아하는 마음과 정우가 나를 좋아하는 마음의 장르가 다르다는 것. 나는 정우를 만나기 전으로 돌아갈 수 없는데 내가 사라지고 난 뒤의 정우는 쉽게 상상됐다. 그래서 충동적으로 시험을 하나 내고 말았다. 정우와 나 둘 다에게.

　모두가 떠난 교실에 우리만 남았다. 창문으로 바람이 들어왔고 그 결을 따라 커튼이 흔들렸다. 우리는 MP3로 함께 만든 50곡의 플레이리스트를 들었다. 얼굴을 가까이한 채 이어폰을 나눠 갖고 같은 노랠 들으며 흥얼거렸다. 오 마이 러브 아임 홀딩 온 포에버, 리칭 포 어 러브 댓 심스 소 파. 정우야, 나는 너한테 어떤 사람이야? 노래가 끝나고 나는 물었다. 정우는 지겹다는 듯 하품을 했다. 너는 애가 너무 비장해. 왜 자꾸 답을 내려 해? 언제나 문제가 있는 사람이 정답을 찾는 거야. 확실하지 않은 것은 불안하니까. 단단하고 불변하는 걸 원해. 그렇게 말할 수는 없는 노릇이어서 이번에도 입을 닫았다. 그때 정우가 장난스러운 얼굴로 입술을 내밀었다. 우리만의 레퍼토리였다. 평소였다면 서로의 얼굴이 숨이 닿는 곳에 근접하기 직전에 고개를 돌리고 웃음을 터뜨리며, 미친 새끼야, 라고 서로 욕을 나누고 말았을 것이다.

　입술이 닿았다. 나는 고개를 뗐고 정우의 얼굴에서 웃음기가 지워졌다. 주먹이 날아오는 이미지가 떠올랐다. 나는 한 대 맞기라도 한 것처럼 고개를 거세게 꺾었다. 그리고 우웩, 진짜 닿았어! 라고 말하며 웃음을 터뜨렸다. 생각지 못한 사고였다는 듯 둘러대며 눈치를 살폈다. 정우가 자리에서 천천히 몸을 일으켰다. 어색하게 입꼬리가 올라가 있었다. 얼굴에 노을이 드리워져 혈색을 살피기 힘들었다. 우리는 몇 마디 말을 주고받고 각자의 집으로 향했다.

　자각이 없진 않았다. 내가 정우를 생각하는 마음이 남들이 말하는 우정과 다르다는 사실을 내심 눈치챘다. 이게 '정상적'이고 '건강한' '동성' '친구' 관계가 맞는

069

가? 난생처음 사귀어보는 단짝 친구에 대한 애정을 내가 혼동하고 있는 것일까. 적어도 육체적으로 욕망한 적은 없었다고 믿었다. 그날 이후로 그 믿음이 흔들렸다. 그래서 이 이상 나아가지 않기로 마음먹었다. 범외의 카테고리에 속한 인간으로 살고 싶지 않았다. 그 당시 내 꿈은 '정상인'이 되는 것이었다. 남들과 비슷한 자세로 걷고 적당한 템포로 말하고 똑바르게 발음하고 무리 없이 타인과 눈을 맞춘 채 소통하는 그런 인간 말이다. 나는 이미 심리적인 소수자였고 약자였다. 그 이상을 감당할 자신이 없었다.

　　우리 관계는 언뜻 달라진 게 없어 보였다. 바뀐 게 있다면 내가 먼저 정우의 손을 잡거나 몸을 밀착시키지 않았다는 것이다. 정우가 다가오면 거부하지 않았지만 몸이 경직되는 것은 어쩔 도리가 없었다. 눈에 띄는 변화라고 생각진 않았다. 정우 역시 이상한 점을 느끼지 못하는 듯 굴었다. 그때는 정우가 노련한 사람이었다는 것을 깨닫지 못했다. 정우는 알면서도 모르는 척했을 것이다. 결국 정우는 아무도, 어쩌면 자신도 예상치 못한 리듬으로 분노를 터뜨리고 말았다.

　　싸움이 일어났다. 내가 잠시 교실을 비웠다가

소년은 온다고

돌아왔을 때 정우는 같은 반 아이의 멱살을 잡고 있었다. 우리를 자주 게이라고 놀리던 친구였다. 싸움의 발단은 이랬다. 그 아이가 정우에게 말을 거는 첫마디가 '야, 남친'이었다는 것이다. 정우가 한 번도 문제 삼아본 적 없는 호명이었다. 코피를 흘리며 교실 바닥에 쓰러진 그 아이가 붉어진 눈으로 정우를 노려보며 말했다. 미친 새끼. 미친 새끼들.

게이, 남친, 여친이라는 호명을 농담으로 받아들이지 못한 순간 우리가 딛고 있던 지형이 완전히 뒤바뀌었다. 소문이 돌았다. 저 새끼들 '진짜'다. 우리는 전처럼 반에서 손을 잡거나 어깨동무를 하지 않았고 대화도 나누지 못했다. 친구들은 우리를 무시했고 다른 반 아이들마저 나와 네가 지나갈 때면 키득키득 웃다가 숨거나 신기하다는 눈초리로 바라봤다. 담임 선생님의 귀에 소문이 흘러들어간 눈치였지만 그는 어떤 조치를 하거나 반응을 보이지 않았다.

해가 지나 반이 나뉘었다. 아이들 사이의 소문과 이슈는 생각보다 빨리 소진되고 환기되었고 나를 향한 조롱은 눈에 띄게 사라졌다. 정우는 배정된 학급 분위기에 어떻게든 적응을 한 모양이었다. 나는 그렇지 못했다. 아이들은 나를 따돌리진 않았지만 선뜻 대화를 건네지도 않았다. 간혹 학교 복도에서 친구들과 함께 걸어가는 정우와 마주쳤다. 나는 눈을 마주칠 수 없었고 정우는 내게 말을 걸지 않았다.

정우가 오지 않는 교회에 나가 예배를 드리고 찬송을 불렀다. 로멘 식스틴 나인틴 세이, 선한 데는 지혜롭고 악한 데는 미련하라. 성경을 읽었다. 로마서에 이런 구절이 있었다. '인간이 이렇게 타락했기 때문에 하나님께서는 그들이 부끄러운 욕정에 빠지는 것을 그대로 내버려두셨습니다. 여자들은 정상적인 성행위 대신 비정상적인 것을 즐기며 남자들 역시 여자와의 정상적인 성관계를 버리고 남자끼리 정욕의 불길을 태우면서 서로 어울려서 망측한 짓을 합니다. 이렇게 그들은 스스로 그 잘못에 대한 응분의 벌을 받고 있습니다.'* 소돔이라는 단어를 배웠다. 이 단어가 영어로 어떤 의미인지도 알게 됐다. 그즈음부터 나는 교회를 가지 않았다. 신께 기도했다. 죽었으면 좋겠다고.

* 로마서 1장 26절, 27절('가톨릭인터넷 굿뉴스'에서 발췌. catholic.or.kr).

아이스크림을 다 먹은 아이들이 놀이터를 떠나
자 주변이 적막했다. 풀벌레 소리도 더는 들리지 않았
다. 능청스럽게 변죽을 올리던 연인은 한동안 말을 덧
대지 않았다. 심각한 표정으로 끝까지 이야기를 들은
연인이 입을 열었다.

"이상한데?"

"뭐가?"

"정우란 애도 널 좋아했던 거 아닐까?"

불쑥 짜증이 났다. 기껏 꺼낸 진지한 고백을 두
고 연인은 이번에도 엉뚱한 소리를 늘어놓을 기세였다.
나는 불쾌함을 숨기지 못하고 대꾸했다.

"그럴 리는 없어."

"왜?"

"이제까지 뭘 들은 거야?"

"너 안 못생겼어."

"그런 문제가 아니야. 그냥 말이 안 돼."

"그냥이 어딨어. 이유를 찾고 싶었던 거 아니야?
내 생각에는……."

"부탁인데 잠자코 들어주면 안 될까?"

내 목소리가 전에 없이 높고 날카로웠다. 연인

의 표정이 굳었다.

"왜 그냥 넘어가는 법이 없어? 너한테는 다 장
난이야? 네가 그럴 때마다 얼마나 피곤할 줄 알아?"

나는 고개를 돌렸다. 어느새 노인은 사라지고
없었다. 놀이터에는 나와 연인만 남았다. 이제껏 대화
가 이렇게 길게 끊긴 적이 있었나 싶을 만큼 나와 연인
은 오래도록 침묵을 지켰다. 갑자기 연인이 날 떠나버
릴지도 모른다는 생각이 들었다. 한 번도 가져본 적 없
는 불안이었다. 그전에는 이런 기분을 왜 느끼지 못했
을까. 서늘한 바람이 멈추지 않고 불어온 덕에 몸이 식
었다. 연인은 돌아가자고 말하며 자리에서 일어났다.

나와 연인은 느리지도 빠르지도 않은 속도로 환
한 LED 가로등의 밑에서 밑을 옮겨 걸었다. 그사이 우
리는 대화를 나누지 않았고 아무와도 마주치지 않았다.
세상에 둘만 남겨진 것만 같았다. 연인은 생각에 잠긴
얼굴로 성실하게 걸음을 옮겼고 나는 속으로 연인이 던
진 의문을 곱씹었다. 정우 역시 나와 같은 마음이었다
면? 그렇다 한들 이제 와서 무슨 의미일까. 왜 난 부정
하고 싶을까. 정우가 그런 애가 아니었으면 해서? 그런
애, 라니. 나는 정우의 무얼 보았고 기억하고 있는 것일

까. 알 수 없는 일이었다. 과거에 많은 것을 두고 온 느
낌이었다.

　함께 거주하는 오피스텔 근처에 다다랐을 때 나
는 걸음을 멈추고 사과를 건넸다.

　"갑자기 화내서 미안해."

　"내가 미안하지. 화낼 만했어."

　연인은 굳은 얼굴을 풀지 않았다. 나 역시 다를
바 없었다. 미안함보다는 아직 앙금이 더 컸다. 다만 이
불쾌한 감정과 냉랭한 분위기를 집까지 품고 들어가기
싫었다. 나와 연인은 잘 다투지 않았다. 자잘한 언쟁이
야 있었지만 이렇게 두 사람이 동시에 싸늘한 태도를
보이는 것은 처음이었다. 누가 더 참고 견뎠던 것일까.

　"솔직히 나도 놀랐어. 이렇게 감정이 툭 불거져
나온 것은 처음이라."

　"응. 놀랐어. 예상 밖이어서."

　연인은 잠시 말을 멈추고 내 눈을 가만히 들여다
보았다.

　"나도 비밀 하나 얘기해도 돼?"

　"응."

　"실은 나도 장범준 노래 안 들어."

내심 한껏 긴장했다가 맥이 탁 풀렸다.

"뭐야, 갑자기. 근데 왜?"

"너무 많이 들었어."

"이유가 다르잖아."

연인은 한층 누그러진 기색으로 어깨를 한 번 으쓱했다.

"있잖아. 나는 너한테 어떤 사람이야?"

즉답을 하고 싶었지만 말문이 막혔다. 연인이 내게 어떤 의미인지 궁금했던 적은 없었다. 하마터면 왜 그런 질문을 하느냐고 되물을 뻔했다. 이미 답을 아는 질문이었다.

"네가 스스로 비참한 사람이라고 실컷 고백하고 나면 그런 너를 좋아하는 나는 뭐가 되는 걸까."

이상한 이야기였다. 그런 뜻으로 한 말이 아니었어. 왜 그렇게 꼬아 들어? 곁에서 들어만 주길 바랐는데 그게 그렇게 부담이었니. 정말 내가 잘못한 거야? 그런 말들이 속에서 끓어올랐지만 이내 포기했다. 진지한 말싸움에서 연인을 당해낼 수 없었다. 원망인지 위로인지 알 수 없는 연인의 말을 듣다가 어쩐지 슬퍼졌다.

"그냥 옛날 얘기였을 뿐이야."

　　나는 반론이나 사과 대신 변명 같은 말을 늘어
놓고 말았다. 연인은 잠자코 내 손을 잡아끌고 앞을 향
했다. 오피스텔로 들어서면서 연인이 말했다.

　　"그러고 보니 나도 여자랑 입 맞춘 적 있어."

　　"진짜?"

　　"옛날 얘기야, 옛날 얘기."

　　우리는 집으로 돌아와 씻고 침대에 누웠다. 곯
아떨어지기 전에 졸린 목소리로 대화를 나누었다. 내일
도 가자. 어딜. 산책? 아니. 코인노래방. 그래. 가자. 그
말을 마지막으로 연인은 입을 닫았다. 우리는 화해한
것일까. 서로 용서하고 이해하기로 합의를 마친 것일
까. 내일이 되면 아무 일도 일어나지 않았던 것처럼 지
내게 될까. 그럴 수 있을까 혹은 그래도 되는 것일까. 불
안한 질문들이 줄지어 떠오를 때 연인의 손끝이 내 손
에 닿았다. 아주 오랜만에 신에게 기도하고 싶어졌다.
얼마 지나지 않아 나는 빠르고 깊은 잠에 빠졌다. 잘 듣
는 약이라도 삼킨 것 같았다.

추억은 보글보글

Congratulations

But This is Not a True Ending

Come Here With Your Friends

Never Forget Your Friend

1P

〈보글보글〉을 할 때는 늘 혼자였다. 캐주얼한

화면과 달리 게임 자체는 꽤 어려워서 동전 하나로는 클리어가 힘들었다. 몇 번의 재도전 끝에 마지막 보스를 해치우고 비눗방울에 갇힌 연인을 구했다. 그러나 늘 마지막엔 기운 빠지는 불길한 음악과 대충 뜻은 알 만한 영어 문장이 나를 맞았다. 이건 진짜 엔딩이 아니야. 친구를 데려와. 이 문구가 지나고 나면 게임은 엉뚱한 스테이지에서 다시 시작됐고 나는 몇 판을 더 플레이하다가 캐릭터가 죽으면 자리에서 일어나 아케이드 오락기의 전원 스위치를 꺼버리곤 했다. 원경을 만나기 전까지는 그랬다.

　　　　원경은 가방과 신발주머니를 오락기 위에 올리고 비어 있던 내 옆자리에 앉았다. 고개를 옆으로 돌리자 반쯤 먹은 슬러시를 빨대로 길게 쭉 들이켜는 옆모습이 보였다. 처음부터 나를 찾아온 사람처럼 자연스러웠다. 원경은 동전을 기계에 투입한 뒤 2P 스타트 버튼을 눌렀다. 대화는 나누지 않았다. 오락실은 귀가 먹먹할 정도로 시끄러운 소리로 가득했다. 빽빽하게 늘어선 오락기들이 뿜어내는 BGM과 효과음, 스틱을 돌리고 버튼을 연타하는 소음, 사람들의 탄성. 그러나 옆자리에 누가 있다는 사실만으로 모조리 음소거된 것만 같았다.

　　나는 초록 공룡, 원경은 파란 공룡. 입에서 거품을 뿜어내 적들을 그 안에 가두고 터뜨렸다. 몇 번의 죽음과 맞바꿔 100번째 스테이지에 도달했다. 거대한 마법사의 모습을 한 최종 보스를 물리치자 물방울에 갇힌 두 사람이 나타났다. 각자의 연인을 만난 두 공룡은 저주를 풀고 인간의 모습을 되찾았다. 홀로 클리어했을 때는 연인 한 사람만을 구했고 공룡의 모습에서 벗어나지 못했다. 엔딩 크레딧이 올라오기 시작했다. 원경은 내게 무언가 말을 걸었지만 시끄러운 주변 소리에 묻혀 입만 뻐끔뻐끔하는 것처럼 보였다. 그러나 글씨가 갇힌 거품이 터지듯 무슨 말을 한 것인지 읽어낼 수 있었다.

　　(혼) (자) (는) (안) (돼)

　　나는 고개를 끄덕였다. 화면에 메시지가 나타났다.

Now, You Found the Most
Important Magic in the World
It's "LOVE" & "FRIENDSHIP"

스태프 롤이 끝나기도 전에 다 녹은 슬러시와 짐을 챙기고 원경이 자리에서 일어났다. 나는 원경을 따라 〈보글보글〉 앞을 떠났다. 그래서 우리는 화면이 리셋되기 직전에 적힌 마지막 문구를 놓쳤다.

But, It Was Not a True Ending

2P

"그러니까 우리는 한 번도 제대로 된 엔딩을 본 적이 없단 얘기지."

또 시작이군. 나는 혀를 차고 불판 위의 돼지껍 데기들을 뒤집었다. 도진은 술만 마시면 자꾸 옛날 얘기를 꺼냈다. 제발 그만, 지겹지도 않느냐며 핀잔을 해도 도진은 케케묵은 얘기들만 골라서 꺼냈다. 지난 일을 되짚는 도진의 태도는 그리워서, 돌아가고 싶어서라기보다는 마치 그 시절이 당장 눈앞에 펼쳐져 있고 보이는 그대로 읊는 쪽에 가까워 보였다. 종종 도진의 망막은 지독히 특별해서 현재가 아니라 과거만 보이는 게 아닐까 싶을 지경이었다.

"2인용으로 보스를 잡으면 엔딩 크레딧 마지막에 암호문이 나오거든. 다시 게임을 시작하고 스테이지 20까지 죽지 않고 플레이하면⋯⋯."

"됐고, 그래서 진짜 엔딩이 뭔데?"

흥미가 아예 동하지 않은 것은 아니었지만 나는 짐짓 관심 없다는 듯 굴었다. 다행이라고 해야 할지 도진은 내 말을 무시하고 진짜 엔딩을 볼 수 있는 '슈퍼 모드' 진입 방법을 늘어놓았다. 숨겨진 커맨드를 찾아내 입력한 뒤 다시 최종전을 치르면 플레이어는 생각지도 못한 진실에 도달할 수 있었다.

"사실 최종 보스는 공룡 형제의 부모님이었던 거지."

"거기서 갑자기 부모님이 나온다고?"

"알 수 없는 악당에게 붙잡혀 저주를 받았다는 설정이야. 누가 흑막이고 저주를 걸었는지는 끝까지 밝혀지지 않는데 아무튼 마지막엔 연인도 구출하고 부모님도 인간으로 돌아가는 해피 엔딩이지."

도진은 나를 바라보며 의기양양하게 술잔을 입으로 가져갔다.

"그렇다면 우리는 그간 부모를 몇 번이나 죽인 거지?"

신음처럼 내뱉은 나의 말에 도진도 갑자기 표정을 심각하게 구겼다.

"잠깐. 다른 스테이지에 있던 잡몹들도 혹시 원래는 인간이었던 거 아니야? 친구라거나 사람 좋은 동네 어르신이라거나……."

우리는 동시에 입을 틀어막았다.

"애들 하라고 만든 게임이 아닌데?"

"악랄하기 짝이 없구만."

자리를 횟집으로 옮긴 우리는 도미회를 안주로 소주를 마시며 과거에 있었던 모든 사건을 끄집어낼 기세로 이야기에 열을 올렸다. 결국 나는 도진이 안내하는 추억 여행에 동참하고 말았다. 늘 이런 식이었다. 나중에 집에 돌아가서, 또 말렸어, 라고 분해하는 익숙한 패턴이었다.

오랜 친구를 만나면 으레 함께 겪었던 에피소드를 안줏거리 삼기 마련이라지만 나와 도진은 정도가 심했다. 국민학생 때 처음 만나 중학교와 고등학교를 거쳐 이십대마저 어깨를 바짝 붙이고 관통해온 나와 도진

사이에는 하루를 온전히 바친다 하더라도 다 끝내지 못할 이야깃거리가 넘쳤다. 질릴 만하면 잊고 살던 이야기를 꺼내놓고는 기함했다. 기억나? 그때 네가 그랬잖아. 내가 언제. 나한테 왜 그랬냐, 어? 왜 그랬냐고! 우리는 서로에게 마지막 남은 유년 시절 친구였다. 특히 도진에게 그냥 친구라 부를 만한 사람은 나뿐이었다. 도진은 나와 지난 일들로 대화할 때를 제외하고는 먼저 입을 잘 열지 않았다. 가족과도 데면데면했기 때문에 제대로 말을 섞을 수 있는 상대로 내가 유일했다. 그 사실을 떠올릴 때면 도진에게 잘해야겠다는 마음보다는 부담감으로 기분이 무겁게 가라앉았다.

"가끔 땡비가 생각나."

"땡비?"

"용산역 굴다리 밑에 살던 개 말이야. 덩치 크고, 복슬복슬한."

"개 죽은 지가 벌써 언제냐."

"그거 아냐? 땡비가 우리랑 동갑이었던 거."

"오래도 살았네."

용산 전자상가의 마스코트였던 땡비는 그곳을 찾는 이들에게 이정표이자 행운의 상징이었다. 상가에 들어서기 전 땡비를 만나 그 갈색 털을 쓰다듬으면 그 날은 바가지 쓰는 일이 없다는 미신이 돌았다. 중고등 학생 시절 우리 역시 게임 타이틀이나 PC 부품을 사러 용산에 갈 때면 거르지 않고 땡비를 먼저 찾았다. 늘 한 곳에만 머무르지는 않아서 쇼핑보다 녀석을 찾는 데 시 간이 더 걸린 적도 있었다. 타원형 공CD 케이스 통에 물을 받아 마시고 바나나우유와 자판기 커피를 좋아했 던 이상하고 귀여운 녀석이었다.

도진이 울먹이기 시작했다. 땡비야, 하면서. 삼 십대 후반에 들어선 아저씨가 죽은 지 10년도 더 된 개 의 이름을 부르며 콧물을 훌쩍이는 광경은 아무래도 참 고 봐주기 어려웠다. 눈물을 주체하지 못하는 도진을 달래 밖으로 나섰다. 도진은 술기운이 올라 좀처럼 몸 을 가누지 못했다. 개로 따지자면 사모예드급 대형견에 속하는 체격인 도진을 부축해 거리를 걷는 일은 여간 힘든 일이 아니었다. 결국 화를 내며 근처 건물 앞 계단 에 도진을 내팽개치듯 앉혔다.

"오락실 가자. 오랜만에 한판 붙어."

"오락실이 어딨어."

"왜 없어! 다 어디 갔어!"

번화가에 대형 게임센터가 있을 것이라 말했지만 막무가내였다. 아니, 그런 곳 말고, 그런 데 있잖아, 라며 도진은 횡설수설했다. 나는 대화를 포기하고 도진을 택시에 구겨 넣듯 태워 보냈다. 그때 오락실을 찾아 도진과 추억의 게임 몇 판을 했다 한들 바뀐 것은 없었을 것이다. 그날이 도진과 함께한 마지막 술자리였다.

1P

엄마는 종종 나를 두고 사라졌다. 네 아버지는 나를 사랑하지 않아. 엄마는 아직 어렸던 내게 말했다. 집을 지키렴. 장남이잖니. 아버지가 너만은 좋아하니까. 이상한 말이었다. 나는 아버지로부터 사랑받는다고 느끼지 못했다. 그는 대체로 묵묵했다. 내게 중요한 질문은 하나였다. 엄마는? 나 사랑해? 엄마는 나를 꼭 껴안고 뒷머리를 쓰다듬었다. 그럼, 사랑하지. 엄마는 거짓말을 잘 못하는 사람이었다. 그래서 그런 식으로라도 자신의 얼굴을 숨겼던 것 같다. 엄마는 유치원에 다니던 동생을 데리고 집을 나섰다.

아버지는 작은 게임 개발사를 운영했다. 일본과 미국의 유명 게임들을 무단 도용하고 표절해서 적당히 버무린 아류작을 헐값으로 유통하는 회사였다. 벌이는 큰 편이었고 상승세를 이어가기 위해 밤낮없이 일했다. 혹 일이 일찍 끝나더라도 아버지는 동생이라 부르는 직원들과 회식을 가졌다. 엄마와 동생이 사라지고 아버지가 돌아오지 않는 거실 한구석에 거미가 집을 짓는 모습을 한참 지켜본 적이 있었다. 돌보는 사람이 없는 집이란 보일러를 켜도 서늘했고 귀청이 찢어질 것처럼 고요했다. 그럴 때는 오락실을 찾았다.

집에서 가장 가까운 오락실은 간판도 없었고 허름했지만 단층 건물 하나를 통째로 사용할 만큼 공간이 넓었다. 까만색 필름이 붙은 유리문 앞에 서면 문틈에서 새어 나오는 복잡한 소음이 들렸다. 그 문을 당겨 열고 문턱을 넘는 순간 내가 살던 공간과 전혀 다른 세계에 진입한 듯한 감각이 훅 끼쳤다. 비좁고 어두운 그 공간에는 퀴퀴한 먼지 냄새와 담배 향이 감돌았다. 빈틈을 찾기 어려울 정도로 빼곡한 전자기기와 사람이 내는 열기가 몸을 둘러싸면 마음이 차분해졌다. 입구 옆 카운터는 마찬가지로 유리창에 새까만 필름이 붙어 내부를 가렸다. 반원형으로 작게 뚫린 창구로 NPC 같은 주인 아저씨의 때 타고 주름진 손이 보였다. 은행에서 쓸 법한 멀티트레이 위에 1000원짜리 지폐를 제물처럼 올려두면 그 손이 동전 열 개를 내놓았다.

동전들을 호주머니에 넣고 걸을 때마다 느껴지는 묵직함과 짤랑거리는 소리가 좋았다. 어떤 게임을 할지 산책하듯 오락실 내부를 거닐었다. 어두운 조명 밑으로 거대한 오락기들이 내뿜는 형형색색의 빛이 점멸했다. 〈세이부 축구〉와 〈피구왕 통키〉를 지나쳐 〈갤러그〉 〈라이덴 2〉 〈스트라이커즈 1945〉 같은 슈팅게임 계열 기기들 앞을 기웃거렸다. 썩 취향은 아니었다. 〈슈퍼마리오 3〉 〈소닉 3〉 〈록맨 7〉 〈천지를 먹다 2〉 〈대마계촌〉 〈파이널 파이트 2〉⋯⋯. 한참 서성이던 난 결국 대전액션게임을 모아둔 구역에서 걸음을 멈췄다. 인기가 드높은 게임들이 도열한 곳이었기 때문에 이미 기판 앞에 두 사람씩 바짝 앉아 있었고 그 주변을 구경꾼 겸 다음 도전자들이 둘러싸고 있었다. 〈스트리트 파이터 2〉 〈사무라이 스피리츠〉 〈월드 히어로즈 2〉도 훌륭했지만 사람들의 눈길을 가장 많이 끌었던 것은 〈철권〉과 〈더 킹 오브 파이터즈 94〉였다.

두 게임기 모니터 프레임 구석에 일종의 대기열
인 동전들이 두껍게 쌓여 있었다. 나는 〈더 킹 오브 파
이터즈 94〉의 기판에 동전을 올려두려고 했다. 그러나
2P 앞에 앉아 스틱을 열심히 조작하는 아이가 원경이
라는 걸 알아채고는 손을 멈췄다. 구경하는 아이들 뒤
에 서서 어깨너머로 원경의 플레이를 지켜봤다. 원경은
발차기로 상대의 하단을 집요하게 공격했다. 1P에 앉
은 아이는 귀를 붉히고 욕설을 거칠게 몇 번 내뱉더니
끝내 소리를 빽 질렀다.

"씨발, 얍삽이 쓰지 말라고! 너 몇 학년이냐?"

원경은 답하지 않고 화면에 시선을 무심히 고정
한 채 스틱을 돌렸다. 그 아이가 손을 뻗어 원경의 머리
카락을 그러잡아 당겼다. 체구가 작은 원경은 이렇다
할 저항도 하지 못하고 상대가 힘을 쓰는 대로 몸을 기
울였다. 대전 상대가 비겁한 술수를 부렸든 자신의 실
력이 미치지 못했든 분을 이기지 못하고 주먹다짐으로
번지는 일은 오락실에서 심심찮게 볼 수 있는 광경이었
다. 두 사람을 둘러싼 다른 아이들은 싸움을 말리지 않
고 환호하며 그 모습을 지켜봤다. 싸움을 부추기는 아
이도 있었다. 그 아이들 역시 원경에게 패배해서 분노

가 쌓여 있었던 것이다. 나는 군중을 헤치고 앞으로 나섰다. 그리고 원경을 쥐고 흔드는 아이의 목덜미를 뒤에서 꽉 눌렀다. 그 아이는 비명을 지르며 원경에게서 손을 뗐다. 원경이 나를 올려다봤다.

　　소란을 잠재운 뒤 원경을 데리고 오락실을 나섰다. 근처 분식집에서 컵떡볶이와 슬러시 작은 컵을 두 개씩 사자 환전해둔 동전 열 개가 딱 맞아떨어져 사라졌다. 우리는 먹거리를 들고 오락실 옥상으로 향했다. 교복을 입은 형, 누나들이 담배를 피우던 곳이었지만 그들이 나타나기 전까지는 내 또래가 모여 딱지를 치거나 팽이를 돌리던 공간이기도 했다. 우린 초록색 방수 페인트가 발린 돌난간에 떡볶이가 담긴 컵과 슬러시를 바 테이블 위의 술잔처럼 올려뒀다.

"나는 4학년이야."

"나도."

"그래? 덩치 크네. 근데 너 돈 많아?"

"왜?"

"너 나 기억 안 나?"

"기억해. 〈보글보글〉."

원경은 빨대로 슬러시에 바람을 불어넣으며 고

개를 저었다.

　"문방구 앞에서. 짱껨뽀 메달 나한테 쳤는데."

　"내가? 기억이 안 나."

　"너 맞아."

　그렇게 답한 원경은 난간 밖으로 고개를 빼고 밑으로 침을 길게 늘어뜨렸다. 이상한 아이라고 생각했다. 그런 원경과 친해지고 싶다고 생각한 나야말로 더 이상했는지도 모르겠다.

　"우리 집 놀러 올래?"

　원경은 심드렁하게 답했다.

　"좋아."

　'이상한 아이'라는 원경에 대한 평가는 정확하게 들어맞았다. 원경은 공짜로 게임을 시켜주겠다며 '똑딱이'를 들고 다녔다. 일회용 라이터 안에 들어 있던 소형 압전기였는데 버튼을 누르면 전선 끝에서 전류가 흘렀다. 사람 피부에 대고 쓰면 따끔한 통증이 느껴져 친구들끼리 장난을 칠 때나 쓰는 물건이었다. 원경은 똑딱이의 전선 끝을 아케이드오락기의 코인 투입구에 집어넣었다. 그리고 버튼을 몇 번 누르면 오류가 일어난 기계가 동전이 삽입된 것으로 착각하고 크레딧을 올렸다. 똑딱이가 없을 때는 구멍을 뚫고 실을 단 100원짜리 동전을 기기에 넣었다가 낚시를 하듯 그대로 끄집어내는 방법을 썼다. 원경이 그럴 때마다 나는 또래보다 큰 체구를 이용해 주변의 이목을 가리고 망을 보느라 진땀을 뺐다. 다행히 들통난 적은 없었다. 주인 아저씨는 그 좁은 카운터에서 좀처럼 나오질 않았다. 생각해보면 한 번도 그와 제대로 마주한 적이 없었다.

이상한 점은 그뿐만이 아니었다. 원경은 게임으로 가리는 승부에 과도할 정도로 집착했다. 1P와 2P가 승패를 가리는 대전액션게임이야 그렇다 쳐도 협력하며 공통된 적과 맞서는 벨트스크롤액션게임에서도 원경은 자꾸 비교를 했다. 내가 더 많이 죽었느니 저가 점수가 높다느니 하면서 실력을 과시하고 우열을 나눴다. 혹 스스로 만족스럽지 못한 기량을 보이거나 나보다 낮은 포인트를 획득한 날이면 그날 헤어질 때까지 귀를 붉히고 입을 꾹 다물었다. 그래서 부러 원경보다 못한 플레이를 한 적도 많았다. 원경의 호승심이 게임 실력 향상에 도움을 줬을 것이라고 인정하는 한편 그 때문에 오락실에서 빈번하게 얻어터졌으리라 짐작했다.

　　나라고 승부욕이 없진 않았다. 그러나 원경을 이기는 일보다 더 큰 즐거움을 알고 있을 따름이었다. 아케이드오락기의 컨트롤러와 가정용 비디오게임의 패드가 두 개인 까닭은 당연히 둘이 함께 게임을 즐기라는 뜻이었다. 몸을 붙이고 한 방향으로 나란히 앉아 같은 화면을 바라보고 그 일에 온전히 모든 걸 내던지는 것. 원경과 함께한 〈보글보글〉을 통해 깨달은 사실이었다.

　　우리는 약속 없이 오락실에서 만나 게임을 몇 판 한 뒤 내 집으로 자리를 옮겼다. 게임팩 밑면에 옥수수 하모니카처럼 바람을 불어넣은 뒤 '슈퍼 알라딘 보이'에 결합했다. 어느 순간부터 오락실로 향하는 이유가 게임 때문이 아니라 원경을 만나기 위함으로 바뀌었다. 시간이 더 지나서는 아예 오락실에서의 암묵적인 접선을 건너뛰고 원경이 집에 바로 찾아왔다.

　　오락실에서 접하는 게임과 가정용 비디오게임은 가짓수도 그 재미도 조금씩 달랐다. 집에서 즐기는 게임의 가장 멋진 점은 코인이 부족할 걱정과 상급생들과 마주하는 공포에서 자유롭다는 것이었다. 그들은 우리를 때렸고 돈을 빼앗았다. 내게는 게임팩들이 책장을

빼곡히 채울 만큼 수두룩했다. 〈콘트라〉〈양배추 인형〉
〈서커스〉〈테트리스〉〈트윈비〉〈요술나무〉……. 손꼽아
셀 수도 없었다. 원경에게 게임팩을 이것저것 빌려주기
도 했고 몇 개는 돌려받지 못했지만 그럼에도 여전히
어마어마한 양이었다. 얼마나 시간을 쏟아부어야 이 게
임들을 온전히 내 것으로 만들 수 있을까? 누구도 던지
지 않은 질문의 답을 찾듯 우리는 어떤 경지를 향하는
사람처럼 차곡차곡 게임들을 해치워나갔다. 그 시절 내
게는 시간이 차고 넘쳤지만 이상하리만치 조급했다. 어
디에 설치돼 있는지 알 수 없는 시한폭탄의 초침 소리
가 들려오는 것만 같았다. '타임 오버' 되기 전에 이 세
상에 존재하는 모든 게임의 엔딩을 확인하고 싶었다.

　　원경이 앞서고 내가 받쳐주는 절묘한 협력 플레
이는 〈더블 드래곤〉에서 늘 균열이 났다. 이 빌어먹을
게임은 시종 둘이 합심해서 적대 세력과 맞서게 만들어
두고 마지막 스테이지에 다다라서는 1P와 2P의 주먹
싸움을 종용했다. 최종 보스를 쓰러뜨린 뒤 붙잡혀 있
던 히로인을 차지하기 위해 설정상 형제인 두 남자가
혈투를 벌여야만 하는 거지발싸개 같은 상황이 연출됐
다. 모든 게임이 〈보글보글〉 같지만은 않았다. 이 마지

막 페이즈에서 역시나 원경은 정색하고 이겨먹으려 들었다. 나는 그 심보가 못마땅했다. 이제까지 여정을 함께 잘 헤쳐오다가 손쉽게 배신을 하는 원경이 괘씸했다. 그래서 이때는 절대 져주지 않았다. 원경은 이번에는 나를 쉽게 이기지 못해 화가 머리 꼭대기까지 나는 모양이었다. 우리는 신경전을 벌이다 몇 번인가 드잡이를 했다.

그런 맥락에서 〈더블 드래곤〉은 그 시절 우리가 가장 많이 도전한 게임이었다. 원경은 마지막에 나랑 한판 붙어보기 위해 그 게임에 임하는 것만 같았다. 나로 말하자면 딱히 원경을 이기고 싶지 않았고 연인도 필요 없었다. 원경이 이번에는 그가 아니라 나를 택하길 바랐다.

"여자들은 왜 자꾸 납치되는 거야?"

한번은 악에 받친 원경이 외쳤다. 틀린 말은 아니었다. 〈용호의 권〉의 유리, 〈젤다의 전설〉의 젤다 공주, 〈슈퍼마리오〉의 피치 공주도 처지가 다르지 않았다. 수많은 게임이 히로인을 숨겼고 주인공의 목표는 빼앗긴 누군가를 되찾는 것이었다.

"잡아가는 놈들이 있으니까 잡혀가지."

"그러니까 왜 잡아가는 거냐고."

"주인공들이 죄다 남자라 그런가 보지."

우리는 합의점을 찾았다. 씩씩거리며 박 터지게 싸운 끝에 다다른 엔딩에서 높은 곳에 로프로 묶여 있던 히로인이 스스로 결박을 풀고 지상으로 멋지게 착지한 뒤 승리한 남자 주인공에게 키스하는 장면을 망연히 바라보다 누군가 이런 말을 꺼냈다.

"어째 우리가 아니어도 탈출했겠는데."

나름대로 깨달음을 얻은 우리는 〈더블 드래곤〉의 마지막 스테이지에서 화면 하단에 설치된 가시 함정들 위로 델마와 루이스처럼 몸을 내던져 동반자살을 택했다.

멋진 시절이었다. 원경을 만나서 게임을 하고 다시 내일이 되면 원경을 만났다. 이런 인생이 언제까지고 펼쳐질 것이라 기대했다. 그러나 내가 중학교 교복에 익숙해졌을 즈음 아버지의 사업이 망했고 엄마가 완전히 사라져버렸다.

　　도진의 장례식장에서 도진의 가족과 마주했다. 늘 딱딱한 표정이었던 도진의 아버지는 눈물을 멈추지 못하고 비틀거렸다. 도진의 어머니는 보이지 않았다. 연락이 닿지 않은 것인지 아니면 참석을 거부한 것인지 물어볼 수 없었다. 좀처럼 감정을 추스르지 못하는 도진의 아버지 대신 동생이 상주 역할을 도맡았다. 어릴 적에는 늘 퉁명스럽고 불만이 가득한 표정이던 그가 슬프고 힘든 와중에도 내게 씩씩하게 말을 걸었다. 생각해보면 딱히 대화를 나눠본 일은 없었다.

　　"잘 지냈죠?"

　　"잘 지냈지, 그럼. 잘 지냈어?"

　　"네, 그럼요."

　　우리는 밖에 나가 담배를 피우며 대화를 나눴다. 도진이 어떤 경과로 죽었고 발견되었는지, 생전의 도진이 어땠는지에 관한 이야기였다. 발인할 때 운구할 사람은 구했는지 묻자 이미 상조회사에 서비스를 신청해뒀다는 답을 들었다. 나는 머뭇거리다 혹시 도움이 필요하면 내게 연락하라고 언질했다. 도진의 동생은 고개를 끄덕였다. 우리는 한동안 할 말을 찾지 못했다.

"예전에는 오빠 되게 무서웠어요."

"나? 왜?"

"게임하다 자주 화냈잖아요. 거실까지 다 들렸는데."

나는 대꾸할 말을 찾지 못하고 뒷머리를 긁적였다.

"동생은 잘 지내요?"

그 물음 한마디로 내 동생과 도진의 동생이 어릴 적에 친구였단 사실이 떠올랐고 동시에 이제 이들이 서로 연락하지 않는단 것을 깨달았다. 이상한 일은 아니었다. 어린 시절 친구들과 사이가 소원해져도 누구 하나 탓할 사람 없을 만큼 시간이 흘렀다.

"그럭저럭 지내."

도진의 동생은 표정이 읽히지 않는 건조한 얼굴로 고개를 끄덕여 보였다. 그러곤 갑자기 재밌는 이야기가 생각났다는 듯 웃는 낯으로 말을 꺼냈다.

"오빠가 원망 많이 했는데, 알아요? 게임팩 빌려가서 안 돌려줬다고."

나는 아, 하고 이상한 소리를 내고는 입을 다물

었다. 무슨 얘기야? 내가? 그렇게 말하고 싶었지만 목
소리가 밖으로 나오지 않았다. 땅 밑에 깊숙이 몰래 파
묻어둔 무언가가 저절로 땅을 가르고 솟아나듯 모종의
기억들이 한꺼번에 떠올랐다. 또다시 도진에게 말린 기
분이었다. 나는 말을 얼버무리기 위해 도진이 가는 길
마지막까지 잘 지켜주라느니 이럴 때일수록 네가 정신
을 바짝 차려야 한다느니 하는 하나 마나 한 당부를 늘
어놓았다. 담배를 한 대 더 피우고 장례식장을 떠날 채
비를 할 때 도진의 동생은 곧 결혼을 한다는 소식을 알
렸다. 축하해, 꼭 참석할게, 라고 답한 뒤 자리를 벗어났
다. 뒤늦게 날짜와 장소를 묻지 않았단 사실을 깨달았
다. 더군다나 연락처도 교환하지 않았다. 그런 얘길 주
고받기에 마땅한 때와 공간은 아니었다고 변명거리를
찾았다.

　　집에 돌아와 씻지도 않고 침대에 누웠다. 허리
가 저려 편한 자세를 찾느라 밤새 뒤척였다. 잠을 자는
건지 깨어 있는 건지 알 수 없었다. 머리맡에 충전기를
꽂아둔 스마트폰을 손에 쥐었다. 자동 진행 전투 모드
로 설정해둔 모바일게임을 끄고 시간을 확인했다. 잠들
기엔 늦고 깨어 있기엔 이른 시간이었다. 얼마 전부터

시작된 허리의 통증이 오른쪽 종아리까지 이어졌다. 정자세로 누워도 아프고 모로 누워도 아팠다. 엎드려 자면 다음 날은 월차를 내야 했다. 제자리에서 삐져나온 디스크가 신경을 눌렀다. 수술할 정도는 아니었지만 그렇다고 회복이 빠르게 진행되진 않았다. 플랭크나 스쿼트 같은 운동을 해보기도 했으나 잘못된 자세를 취하면 오히려 허리에 더 안 좋을 수도 있단 얘길 듣고 그러면 뭘 어쩌란 건지 알 수 없게 됐다.

의사가 말하기로 이런 증상은 현대사회를 사는 사람이라면 누구에게나, 특히 하루 종일 자리에 앉아 컴퓨터를 들여다보는 사무직이라면 언제라도 찾아올 수 있다고 했다. 나는 내 허리가 망가진 이유가 무엇인지 짐작됐다. 게임 때문이었다. 기울어지고 튀어나온 자세로 삶의 절반을 모니터 앞에서 보냈으니까. 이럴 때면, 그러니까 몸이 아파 기분이 좋지 않을 때면 도진을 떠올렸다. 도진은 힘들다, 몸이 아프다는 말을 입에 달고 살았다. 그러나 어떻게 그 말이 죽을 것 같다, 죽고 싶다는 표현까지 가닿았는지는 지금도 이해하기 어려웠다.

어릴 적부터 건강 체질이었던 도진의 호소는 공

허하게 들렸다. 검진을 받아도 신체적으로 큰 이상은 없었다. 나이가 찰수록 차츰 죽고 싶다는 말이 늘었지만 심각하게 받아들이진 않았다. 도대체 뭐가 문제야? 이유가 있을 거 아니야? 그렇게 물으면 도진은 그렇다고, 분명 이유가 있을 것이라 답했다. 그러나 그런 것은 사족일 뿐이라고 덧붙였다.

"내가 있는 건물에 화재가 났다고 가정해보자. 문밖에 불길이 치솟는 광경이 보이는 거지. 건물이 노후돼서, 옆방에 있던 누군가의 부주의로 혹은 내 잘못으로 불이 붙었다 한들 그 시점에선 따져봤자 무의미한 일이잖아. 당장 여기에서 벗어나는 게 중요하지. 고온으로 피부가 녹을 것 같고 숨도 못 쉴 만큼 연기가 가득한 그때 창문이 눈에 들어와. 그러면 내가 몇 층에 있는지 따위는 생각할 겨를도 없이 그곳으로 몸을 내던지게 되는 거야. 어쩌면 죽음에 대한 충동만큼 강력한 생존 본능도 없지 않을까."

"염병 떨고 있네."

나는 죽음에 대한 욕망을 믿지 않았다. 살아가는 일은 의문이 끼어들 여지가 없는 자연스러운 현상이었고 죽음은 그저 아프고 두려운 무엇일 뿐이었다. 도진이 자살 시도를 하지 않았다면 그런 감정 상태가 존재한다는 사실을 지금까지도 믿지 않았을 것이다.

　　도진이 '이제 진짜 끝이야'라는 메시지를 남기고 잠적한 적이 있었다. 핸드폰 전원은 꺼져 있었고 자취방과 PC방에 도진은 없었다. 도진의 아버지에게 연락을 취해 도움을 청했다. 가족의 동의가 없으면 소방서에서는 핸드폰 위치추적을 하지 않았다. 우여곡절 끝에 알아낸 사실은 마지막으로 도진의 핸드폰 전원이 켜져 있던 장소가 용산역 근방이었다는 것이다. 소방서에서 인력을 파견하긴 할 테지만 그 근방이 워낙 넓고 복잡한 곳이라 도진을 발견할 수 있으리라 장담하기 힘들다는 답이 돌아왔다. 나는 택시를 타고 용산역 앞에 도착했다. 높다란 빌딩과 대로를 돌아보며 망연하게 서 있었다. 어디서부터 도진을 찾아야 할지 엄두가 나질 않았다. 그리고 잠시 후 도진이 휘적휘적 앞에 나타났다. 도진은 평온한 얼굴을 하고 나를 빤히 바라봤다. 맥이 탁 풀려 화도 나지 않았다.

　　"있잖아, 원경아. 서울은 죽을 만한 곳이 마땅치가 않다. 빌딩이란 빌딩은 모조리 옥상이 잠겼어. 그래서 지금 한강대교로 가던 중이야."

"미친놈. 수영도 못하면서."

"많이 바뀌지 않았냐."

도진은 넋이 나간 듯한 눈으로 주변을 둘러보며 말했다.

"어쩜 이렇게 다 변했냐. 그래서 자꾸 길을 잃었 어."

이날을 기점으로 도진에게 완전히 질려버리고 말았다. 자기 목숨을 두고 인질극을 벌이는 사람과 더 는 관계하고 싶지 않았다. 그래서 도진의 어리광을 받 아주지 않기로 다짐했다. 도진이 살아가는 일의 고통과 죽음에 관한 얘기를 꺼낼 때면 대화 주제를 돌리거나 무시했다. 연애를 해. 친구를 만들어. 좋은 것만 보고 좋 은 것만 먹어. 술 담배 끊고 운동 좀 해. 제발 적당히 하 고 정신 차려라, 이 새끼야. 도진은 더는 내게 우울한 얘 기를 토로하지 않았다. 내 충고가 유효했고 녀석이 조 금 나아진 것이라 여기기로 했다. 이제 우리 사이에 남 은 이야깃거리는 부지깽이로 잿더미를 쑤시다 겨우 찾 아낸 불씨처럼 미력한 지난날의 추억뿐이었다. 그나마 그 추억이란 모조리 게임에 관한 것들뿐이었다.

이제 와서 게임 따위 아무래도 좋았다. 어릴 적

에는 그것에 인생의 전부를 내건 것처럼 굴었다. 내가
남들보다 잘할 수 있는 것은 게임뿐이었다. 그러나 성
인이 되어 사회에서 1인분의 역할을 하고 인정을 받으
면서 새로운 활력과 기쁨을 찾았다. 주택청약을 알아보
고 여윳돈을 주식에 투자했다. 회사 동료와 형 동생 하
며 팀워크를 다지고 가족까지 신경을 쓰다 보면 게임
에, 도진에게 신경 쓸 여력은 아예 바닥이 나 있었다.

　　도진은 나에게 둘도 없는 친구였지만 나이를 먹
고 환경과 여건이 바뀌면 가깝게 교류하는 인물과 집단
은 대체되기 마련이었다. 오히려 의아했다. 도진은 도
대체 어떤 사람이어서, 도진에게 나는 어떤 사람이어서
이렇게까지 끈질기게 연락을 하고 의지를 하는 것인지.
솔직한 속내로 나는 도진을 한심하게 여겼다. 성장하지
못한 놈, 약한 소리나 늘어놓는 미숙한 녀석으로 생각
했다. 나는 일방적으로 도진과의 관계를 정리하는 수순
을 밟았다. 메시지가 오면 느리게 답변을 하고 여유가
되면 만나서 술을 마시긴 했지만 그나마 옛정 때문이었
다. 단 한 번이라도 내게 실수를 저지르면 단칼에 끝낼
관계였다.

　　도진이 죽었다는 연락을 받았을 때 나는 제법

담담했다. 할부로 빠져나가는 부채처럼 눈치채지 못하는 사이 도진의 죽음을 준비하고 받아들였던 것이다. 죽음을 바라는 누군가를 오래도록 옆에 두는 일에 지쳐 있기도 했다. 누구에게나 언제라도 찾아올 수 있는 사건이 도진에게는 유달리 빠른 시일에 다가왔을 뿐이라고 생각했다. 다만 이런 식일 줄은 몰랐다. 말하자면 나는 도진이 스스로 목숨을 끊으리라 예상했다. 택배기사로 일하던 도진은 그날의 마지막 배송물을 옮기다 계단에서 발을 헛디뎠다. 균형을 잃은 도진은 다음 층계참까지 구른 끝에 벽에 뒷머리를 부딪혔다. 그때부터 도진의 머릿속에서 출혈이 시작됐다. 그러나 이 곰 같은 녀석은 태연히 자리에서 일어나 업무를 끝마치고 집으로 돌아갔다. 며칠 뒤에야 도진이 연락도 없이 모습을 비추지 않는 것을 이상하게 생각한 서브터미널 소장이 경찰에 신고했다. 도진의 시신이 어떤 상태로 발견됐는지는 들은 바가 없었다.

비로소 잠이 올 것 같은 느낌이 찾아들었다. 몸에서 긴장이 풀어지고 호흡이 편안해졌다. 해석되지 않는 이미지와 문자들이 앞을 빠르게 스쳐 지나갔다. 그러다 불쑥 '게임팩'이라는 단어가 떠올랐다. 번쩍 뜨인

눈 위로 아침 햇살이 비쳤다.

회사에 병가를 냈다.

1P

아버지가 무리하게 사업을 확장하다가 외환위기를 겪고 가세가 휘청거린 것도 이유였지만 엄마가 사라진 가장 큰 요인은 엄마에게 다른 사람이 생겼단 것이었다. 나는 네 아버지를 사랑하지 않아. 엄마는 동생마저 두고 떠나버렸다. 부모님은 이혼 절차를 밟았고 양육권은 아버지에게 돌아갔다. 두 사람이 원한 결말이었다. 여자 홀로 자식을 키우기 힘들었겠지만 나는 다른 이유를 떠올렸다. 엄마는 나를 그리고 동생을 사랑하지 않았다. 나는 볼모였고 동생은 인질이었다. 그간 엄마가 아버지와 벌인 사랑의 항쟁과 협상에서 우리의 역할은 담보였을 따름이다. 나는 부모님을 미워하지 않기로 했다. 그 말은 어느 쪽도 사랑하지 않겠다는 다짐이기도 했다.

회사를 정리한 후 아버지는 용산에서 후배가 운

영하는 중고 컴퓨터 판매 업체에서 새롭게 일을 시작했
다. 남은 가족을 부양하기 위해 이번에도 밤낮없이 움
직였다. 엄마가 없는 자리는 내가 대신 채워야 했다. 아
버지가 원한 일이었다. 동생은 아직 어리고 너는 장남
이니까 집을 지켜야 한다. 일이 이렇게 되니 마치 엄마
가 처음부터 자신의 부재를 연습시키기 위해, 내게 집
안을 맡기기로 계획하고 그간 동생을 동행한 가출을 감
행했던 게 아니었을까 하는 의심마저 들었다. 중학생이
었던 나는 빨래를 널고 청소를 하고 음식을 만들었다.
잠자코 따랐다. 사랑받는 일은 포기했더라도 아버지에
게마저 버림받을 수는 없었다.

　　　가장 버티기 힘들었던 것은 자정이 넘은 시간에
아버지가 나를 깨워 거실로 호출하는 일이었다. 술에
취한 아버지는 꿇어앉은 내 무릎 앞에 식칼을 내려놓으
며 물었다. 앞으로 어떻게 살래. 죽을래? 죽을까? 그러
면 나는 악몽을 꾸는 것이라 믿으며, 아니요, 아니요, 라
고 답했다. 정신 차려라. 정신 똑바로 차려. 늘 그 말을
마지막으로 아버지는 방으로 들어가버렸다. 그때 아니
요가 아니라 네, 라고 답했다면 아버지는 날 정말 찔렀
을까. 단 한 번이라도 네, 라고 답했더라면 어땠을까 오

래도록 생각했다.

아버지와 동생과 함께하는 아침식사는 숨 막혔다. 아버지는 나를 칭찬하는 법이 없었다. 내가 식사를 준비하면 밥이 질다, 국이 맹탕이다, 라고 짤막하게 평할 따름이었다. 도대체 엄마는 무얼 보고 아버지가 나를 좋아한다고 여겼던 것일까. 그러던 어느 날 숟가락으로 국물을 떠먹던 아버지가 말했다.

"컴퓨터 필요하냐?"

그때 비로소 느꼈던가. 아버지의 묵묵한 사랑을.

게임의 대세가 오락실에서 PC로 옮겨갔다. 아케이드오락기와 가정용 비디오게임기로는 구현할 수 없는 게임들이 우후죽순처럼 등장했다. 컨트롤러와 패드가 아니라 마우스와 키보드로 조작하는 새로운 개념의 세계였다. 턴제게임 〈삼국지 5〉〈파랜드 택틱스〉, 육성 시뮬레이션 〈프린세스 메이커 2〉와 핵 앤 슬래시라는 신선한 장르로 인기몰이를 한 〈디아블로〉가 등장했지만 한국 게이머들의 이목을 끌어당긴 것은 실시간 전략 시뮬레이션이었다. 〈워크래프트 2〉〈커맨드 앤 컨커 : 레드 얼럿〉〈에이지 오브 엠파이어〉〈토탈 어나이

얼레이션〉은 세계적으로 큰 인기를 끌었지만 단연 최고는 〈스타크래프트 : 브루드 워〉였다. PC방 사업을 확장시킨 주역이었고 이 시대에 와서는 민속놀이 취급을 받는 게임이었다.

　우리 역시 다른 아이들과 마찬가지로 PC게임 대유행의 급류를 타고 미친 사람처럼 마우스와 키보드를 흔들고 두드렸다. PC방에 나란히 앉아 결투를 벌이거나 그마저 질리면 온라인에서 대전 상대를 찾았다. 집에 돌아와서는 컴퓨터 한 대로 번갈아가며 게임을 했다. 슈퍼 알라딘 보이와 게임팩은 종이 박스에 담아 방 한구석에 처박아뒀다. 그 대신 책장에는 『게임피아』 『PC 파워진』 『V챔프』 같은 게임 매거진과 CD가 꽂혔다. 세계가 급변했다. 새로운 그래픽과 시스템을 장착한 게임이 연일 발매되었다. 게임 매거진을 구매할 때 번들로 증정하는 게임들을 클리어하기도 벅찼다.

　종종 동생이 문을 열고 들어와 게임을 하는 우리를 뒤에서 지켜봤다. 나는 동생에게 알은체도 하지 않았다. 내 세계를 넘보지 말라는 무언의 경고였다. 동생은 한참 컴퓨터 화면을 지켜보다 거실로 나가 만화를 시청했다. 그즈음에 원경은 자신의 동생을 데리고 우리 집을 찾았다. 부모님이 맞벌이를 하셨기 때문에 집에 동생을 그리고 자신을 돌볼 어른이 없었던 것이다. 마침 원경의 동생은 내 동생과 동갑이었고 만화를 좋아했다. 두 동생은 대화도 나누지 않고 TV를 봤다. 거의 모든 부분에서 달랐던 나와 원경의 몇 안 되는 닮은 점이었다. 동생이 있다는 것 그리고 어른 없이 크는 아이였다는 것.

그나마 원경은 자기 동생에게 나름대로 애정을 쏟는 모습을 보였다. 한심해하면서도 안쓰럽게 대했고 구시렁대면서도 잊지 않고 챙겼다. 반면 내게 동생은 때 되면 밥을 챙겨주고 기어오르면 힘으로 눌러야 하는 상대였다. 가만히 두면 알아서 커갈 것이라 생각했다. 내가 그랬으니까. 애초에 동생을 돌볼 여유가 없었다. 가사 노동을 도맡는 바람에 나는 늘 바빴고 피로했다. 이 생각이 변명이었다는 사실은 꽤 시간이 흐른 뒤에야 깨달았다. 나는 동생이 싫었다. 어리고 아무것도 모르는 덕에 돌봄을 받는 동생이, 엄마가 마지막까지 데리고 가출을 했던 그 녀석이 미웠다.

"저 새끼 핵 쓰네."

게임을 하던 원경이 혀를 찼다. 나는 별달리 대

꾸하지 않았다. 원경의 성격은 더 호전적으로 바뀌었다. 게임을 하다가 패배하면 욕을 뱉는 것은 예사였고 주먹으로 키보드를 내리치기도 했다. 게임을 대하는 원경의 승부욕을 모르는 바는 아니었으나 정도가 심했다. 대전에서 질 때마다 원경은 새빨개진 얼굴로 눈을 매섭게 떴고 화를 참지 못해 씩씩거렸다. 진정시키려 말을 걸면 뾰족하게 반응하고 심할 때는 싸우자고 달려들었다. PC방에서도 이 버릇을 참지 못해 옆에 앉은 또래와 시비가 붙기도 했다. 그러면 내가 나서서 사과하거나 중재했고 그래도 해결이 되지 않아 몸싸움으로 번지기도 했다.

이런 일이 반복될수록 분노한 원경에게 관여하고 싶지 않았다. 무엇이 원경으로 하여금 이성을 잃게 하는지 알 수 없었다. 그나마 이런 종류의 일은 버틸 만했다. 가장 큰 문제는 원경의 도벽이었다. 구멍가게 같은 곳에서 작은 껌이나 초코바 같은 군것질거리를 훔치는 일 정도는 크게 나무라지 않았다. 하지만 원경은 더 크고 비싼 물건에 눈독을 들이기 시작했다.

용산 전자상가를 들른 어떤 날이었다. 한참을 돌아다녔지만 땡비와 마주치지 못했고 더 늦기 전에 우리는 건물 안으로 들어서기로 했다. 상인들의 고압적인 호객을 무시하며 컴퓨터 주변기기를 구경하고 새로 발매된 게임 타이틀을 확인했다. 이렇다 할 물건이 없어 매장을 빠져나올 때 누군가 우리를 불러 세웠다. 매장 주인이었다. 무슨 일이냐고 되묻기도 전에 원경이 내달렸다. 주인이 원경을 쫓았고 뒤늦게 상황을 파악한 내가 그 뒤를 따랐다. 굴다리 밑에서 원경은 그의 손에 뒷덜미를 잡혔다. 그는 땅바닥에 쓰러진 원경의 가방을 열었다. 그 안에서 게임 CD 몇 장이 발견됐다. 비닐을 뜯지 않은 신품이었다. 그가 원경에게 발길질을 했고 나는 서둘러 그 앞을 막아섰다. 뭐라고 통사정하기도 전에 그가 내 뺨을 갈겼다.

구경꾼들이 모여들었다. 싸움을 부추기는 사람은 없었지만 말리는 사람도 없었다. 나보다 체구가 큰 그는 내 뺨을 연달아 한 대 더 때리고 원경을 일으켜 세웠다. 원경은 솜뭉치로 만든 인형처럼 들렸다가 다시 바닥에 메쳐졌다. 그는 죽일 기세로 우리를 노려보며 욕을 쏟아부었다. 먹먹해진 한쪽 귀와 뺨을 어루만지며 넋이 나간 채 그 모습을 바라봤다. 그는 우리의 옷깃을 잡아당기고 흔들며 경찰서에 가자, 부모님 부르라는 말을 반복했다. 그러던 중 누군가 군중을 헤치고 나타났다. 아버지였다. 아버지와 그가 몸싸움을 시작했다. 일이 심상치 않게 흐르는 듯하자 구경하던 몇몇이 중재를 하러 둘 사이에 끼어들었다.

어른들의 싸움은 아이들 사이에서 빚어지는 다툼과 크게 다르지 않았다. 앞을 가로막는 사람들이 있자 흥분이 고조돼서 당장에라도 앞으로 튀어 나갈 것처럼 버둥거렸다. 두 사람은 터질 듯이 붉어진 얼굴로 고함을 지르고 욕설을 나눴다. 중재자들은 그들을 멀찌감치 떨어뜨렸다. 나는 망연히 그 모습을 지켜봤다. 어른들은 싸움이 어떻게 시작됐는지 잊은 것처럼 보였다. 한쪽 구석으로 자리를 옮겨 화를 다스리던 아버지가 담배를 입에 물었다. 그러다 잊고 있던 게 생각난 것처럼 내게 소리쳤다.

"아들! 집에 가 있어! 괜찮아, 괜찮아."

아버지는 기죽지 말라며 타이르듯 말했다. 어떻게 행동해야 할지 판단을 내리지 못해 눈치를 살피다가 여전히 길바닥에 주저앉아 있는 원경을 일으켜 세우고 자리를 피했다. 우리는 한동안 아무런 대화도 나누지 않고 집으로 향했다. 아파트와 이어지는 좁은 골목길에 들어섰을 때 원경이 불쑥 가방을 놓고 왔다고 말했다. 나는 결국 인내심을 놓고 말았다.

"개새끼야, 너 집에 컴퓨터도 없잖아!"

우리 집에도 있는 타이틀을 왜 훔치냐, 이미 엔딩도 다 보지 않았냐, 너 거지새끼야? 한 번만 더 해봐. 죽여버린다. 진짜 죽여버릴 거야. 나는 이성을 잃고 열을 냈다. 내게 멱살을 잡힌 원경은 입을 열지 않고 전원이 꺼진 화면처럼 새까만 눈으로 나를 바라봤다. 그리고 원경의 눈길은 높게 들어 올린 나의 주먹으로 천천히 옮겨갔다. 양손에 힘을 풀은 나는 원경을 내버려두고 골목을 빠져나왔다.

2P

정형외과에서 주사를 맞고 물리치료를 받은 뒤 집에 돌아왔다. 통증 때문에 데스크톱 앞에 앉을 자신이 없어 침대에 누웠다. 스마트폰으로 게임을 하다가 유튜브를 시청했다. 이제는 게임을 '하는' 시대가 아니라 '보는' 시대라고 하던가. 나보다 훨씬 게임을 잘하고 아는 것도 많은 사람들이 멋들어지게 게임을 플레이하고 엔딩에 다다르는 모습을 지켜봤다. 장시간 게임을 할 시간과 체력은 없지만 궁금하긴 했으니까. 예전에도 도진의 집에서 게임을 구경하는 데 적지 않은 시간을 썼다. PC게임은 컴퓨터 한 대로 두 사람이 동시에 플레이할 수 없는 게임이 대부분이었다. 그런 생각을 하다가 무심코 오래전에 엔딩을 봤던 게임들을 검색했다.

고전 PC게임 명작들을 깔끔하게 요약하고 정리한 콘텐츠를 넘기며 시청하다가 오락실 게임과 가정용 비디오게임을 찾아보게 됐다. 거슬러 오르고 오르다 아타리사의 게임에까지 다다랐다. 〈팩맨〉과 〈스페이스 인베이더〉로 큰 사랑을 받고 교만해진 아타리는 결국 〈E.T.〉를 탄생시키고 말았다. 아타리 쇼크를 상징하는 게임이었다. 스티븐 스필버그의 영화를 원작으로 삼고 크리스마스 시즌을 노려 발매를 했지만 얄팍한 상술에 의존한 나머지 졸속으로 제작한 허접쓰레기였다. 〈E.T.〉의 만듦새를 살피려 영상을 찾다가 어떤 영상 앞에서 손이 멈췄다.

뉴멕시코, 앨라모고도의 사막에 쓰레기 매립지가 있었다. 아타리가 산더미 같은 악성 재고를 땅 밑에

몰래 묻어버렸다는 전설 같은 소문이 돌던 장소였다.
서부영화에 나올 법한 회전초가 굴러다니고 모래 먼지
가 이는 그곳에 군중이 나타났다. 굴착기가 땅을 파기
시작했다. 굴착기의 버킷에 게임팩들이 흙더미와 함께
가득 담겼다. 매립지를 찾은 사람 중에는 〈E.T.〉의 개발
자도 있었다. 그는 허황된 소문일 것이라고, 이런 곳에
묻혀 있지 않을 것이라 믿었다. 누군가 작업 현장 한편
에 마련해둔 TV와 게임기로 흙 밑에서 금방 꺼낸 게임
팩을 꽂았다. 파란 바탕 배경에 조악한 서체로 'E.T.'라
는 글자가 적히고 끔찍한 몰골로 웃음 짓는 꼬마 외계
인의 얼굴이 화면에 떠올랐다. 영상을 돌려 흙더미 속
에 파묻힌 게임팩들을 바라봤다. 매장돼 있다가 파헤쳐
진 시체들 같았다.

　　　도진은 자꾸 게임팩을 빌려줬다. 내겐 게임기가
없었다. 그래서 책가방에 넣어가지고 다니다가 며칠 뒤
도진에게 돌려줬다. 하지만 그중 몇 개는 끝내 반납하
지 않았다. 언젠가 게임기가 생기면 플레이할 수 있을
거란 기대도 있었지만 그냥 간직하고 싶었다. 도진은
한 번도 나무라거나 독촉하지 않았다. 게임팩을 빌려준
사실을 잊은 것이라 생각했다. 도진은 가진 게 많았으

니까 게임팩 한두 개쯤 사라져도, 그것을 내가 가져도 크게 나쁜 일은 아니리라 믿었다.

나는 가난하고 옹졸했다. 부모님의 지갑에서 몰래 동전을 빼오고 100원 하나로 최대치의 즐거움을 뽑아내기 위해 온 신경을 집중했다. 내가 남들보다 나은 점은 게임을 잘한다는 것뿐이었다. 그래서 게임을 대할 때면 늘 날이 서 있었다. 한 번이라도 패배하면 모든 게 끝장날 것만 같았다. 항상 궁금했다. 도진은 도대체 어떤 사람이어서, 도진에게 나는 어떤 사람이어서 곁을 지켜준 것인지. 나 같은 아이랑 다녀서 도진은 진심으로 즐겁고 행복했을까. 단 한 번도 물어본 적이 없었다.

1P

용산에서 혼쭐이 난 날 아버지는 평소보다 이른 시간에 귀가했다. 어디에서 구한 것인지 아버지의 손에는 두껍고 단단한 나무 회초리가 들려 있었다. 나는 바지 밑단을 허벅지 밑까지 걷어 올렸고 아버지는 회초리를 휘둘렀다. 아버지는 내게 전후 사정을 묻지 않았다.

원경이 집에 찾아오지 않았다. 학교에서 원경은 나를 노골적으로 피했다. 이대로 관계가 끊어질 것만 같아 덜컥 겁났다. 자연스럽게 대화를 나눌 수 있을까 하는 마음에 절뚝이는 다리를 끌고 PC방을 찾아가기도 했지만 원경은 보이지 않았다. 비로소 원경과 단둘이 있을 수 있게 된 것은 무심코 들른 오락실에서였다. 간만에 찾은 오락실은 〈EZ2DJ〉와 〈펌프 잇 업〉 같은 초대형 게임기가 뿜어대는 BGM으로 한층 더 시끄럽고 산만했다. 검은색 필름이 붙어 있던 카운터 통유리창도 바뀌어 있었다. 투명한 유리창을 통해 주인이 앉아 있는 모습이 보였다. 제대로 얼굴을 마주한 적은 없지만 그가 내가 알던 그 사람이 아니라는 것은 한눈에 알아볼 수 있었다. 새 주인은 젊고 날카로워 보였다. 오락실 한구석에 자리를 지키고 있던 〈보글보글〉 앞에 원경이 앉아 있었다. 나는 원경의 옆자리에 앉았다. 그리고 동전을 집어넣어 2P로 플레이를 시작했다.

원경은 초록 공룡, 나는 파란 공룡. 대화는 나누지 않았다. 우리는 입에서 거품을 뻐끔뻐끔 뿜어대며 종횡무진했다. 원경의 실력은 녹슬지 않아서 한 번의 죽음도 허용하지 않았다. 반면 나는 손끝이 무뎌져서

몇 번이나 동전을 추가로 집어넣으며 원경과 보조를 맞췄다. 최종 보스는 우리 손에 의해 다시 한번 최후를 맞았다. 우리는 잠자코 엔딩 크레딧을 지켜봤다.

"가자."

원경이 먼저 자리에서 일어났다. 나는 웃음을 참으며 고개를 끄덕였다. 섣불리 안도했다. 원경이 입에 달고 다니던 말처럼 게임이 싸움이라면, 그리고 원래 아이들이 싸우면서 크는 법이라면 이만하면 나쁘지 않은 결착이라 생각했다. 그 전에도 다툰 적은 있었고 결국엔 관계를 회복했으니까 이번에도 크게 다르지 않을 것이라 여겼다. 원경을 따라 자리에서 일어나려 할 때 화면에 새롭게 뜬 문구가 눈에 들어왔다.

But, It Was Not a True Ending

처음 보는 문장이었다. 결말이 따로 있다고? 여기서 더 어떻게? 멀어지는 원경의 등과 화면을 번갈아 보다 억지로 몸을 움직였다. 그러나 정신은 그대로 오락기 앞에 두고 온 느낌이었다. 우리가, 아니 나는 도대체 무얼 놓친 것일까. 무엇을 잘못했을까.

우리는 사과나 용서 없이 다시 붙어 다녔다. 그 전과 다를 바 없는 절친한 친구로 지냈다. 그게 문제였다. 그래선 안 됐다. 정확하게 사과하고 용서를 하고 화해했어야 했다. 그 뒤로 원경과 어색해지는 모든 순간마다, 원경이 나를 차갑게 대하거나 나도 모르는 사이건넬 말을 고르고 고르다 말실수를 하거나 아예 입을 닫아버릴 때 들어 올린 나의 주먹과 목소리가 떠올랐다. 거지새끼, 죽여버린다, 죽여버리겠다. 내가 저지른 말과 행동에 지속해서 상처를 받는 이유는 그것이 거짓 없이 순수한 증오였기 때문이다. 살아 있는 사람을 칼로 찌르고 자동차로 치어버리면 이런 감각일까. 나는 내가 가장 사랑하던 사람을 진심으로 경멸하고 혐오했다. 원경이 그 사실을 알아챘을까 봐 두려웠다. 시간이 더 지나면 우리 관계가 그전으로 돌아갈 것이고 나 자신을 용서할 수 있으리라 믿었다.

어떤 기억은 내가 받은 상처가 아니라 누군가에게 준 모욕으로 이루어져 평생 따라다닌다. 삶의 변곡점에서, 누군가에게 비난받고 처지가 비루해지는 모든 순간마다 그때의 기억이 생생하게 되살아났다. 아니라는 것을 알면서도 내 인생이 그때부터 망가진 것은 아

닐까 하는 비약이 자꾸 돋아났다. 그래서 원경이 앞에
있으면 옛날 얘길 꺼냈다. 그날 있었던 일에 관해 묻고
싶었지만 시간을 거스르든 어릴 적부터 순행하든 결국
그 근처에서 머물고 맴돌다가 엉뚱한 얘길 늘어놓았다.
의미가 없었기 때문이다. 원경은 이미 나를 포기했다.
해묵은 과거를 들먹이고 죽고 싶다는 말을 꺼내는 나를
더는 좋아하지 않았다. 하지만 원경은 차갑게 굴면서도
정이 많아서 억지를 부리면 나와 어울려줬다. 원경의
다정함이 내 목숨을 붙잡았다.

　　"네가 그때 옆자리에 앉지 않았다면 어땠을까."

　　나이가 든 우리가 횟집 구석 자리에 마주 앉았
다. 원경은 팔짱을 낀 채 지치고 지루해 보이는 얼굴로
나를 바라봤다. 나는 취기에 기대 즐거운 듯 미소를 지
으며 말했다.

　　　　　　　　　　2P

　　"악연이야, 우린."

　　술에 취한 도진은 우리의 첫 만남을 회상할 때

면 그 말을 꼭 덧붙였다. 도진은 그것을 운명적인 사건이나 인연이라 여기는 모양이었다. 낯 뜨거운 얘기는 질색이었지만 지난 일을 꺼낼 때 도진의 웃음소리만큼은 싫지 않았다. 뭐가 그렇게 버거운지 평소에는 늘 굳은 얼굴로 과묵했으니까.

"몇 번을 말하냐. 그때가 처음이 아니라니까."

도진이 떠올리고 묘사하는 우리의 만남은 오락실이었다. 그러나 내가 기억하는 첫 만남은 그때가 아니었다. 자주 그 사실을 지적했으나 도진은 인정하거나 고치지 않았다. 그럴 수도 있는 일이라고 생각하면서도 서운한 마음이 들었다. 그날의 일이 내게 아주 인상적이었기 때문이다.

동네 문방구 앞에는 사이즈가 작은 오락기들이 있었다. 〈스트리트 파이터 2〉 같은 아케이드게임 외에도 룰렛이나 가위바위보머신을 들여놓은 곳이 많았다. 그런 게임은 동전을 넣고 승리하면 '꾀돌이' 같은 불량식품이 쏟아지기도 했고 '메달'을 주기도 했다. 메달은 카지노의 칩, 파친코의 쇠구슬과 비슷한 개념으로 해당 문방구만의 화폐였다. 개당 100원의 가치를 지녔고 현금을 대신해서 물건을 구매할 수 있었다. 환전할 수 없다는 점만 다를 뿐 사실상 유사 도박이었다. 당시 나는 이런 슬롯머신을 즐겼다. 동전 하나로 여러 개의 메달을 얻어내는 감각은 누군가와 대전을 해서 승리를 거머쥐는 게임과는 다른 종류의 쾌감이었다.

메달을 유난히 많이 획득한 날이었다. 두 손 가득 담긴 메달을 들여다보고 있을 때 몇 사람이 내 주변을 에워쌌다. 나보다 한두 살 많아 보이는 아이들이었다. 그들은 내게 진짜 손으로 하는 가위바위보게임을 제안했다. 내가 지면 그 메달을 가져가겠다고 했다. 내가 이길 경우에 관해서는 아무런 언급도 하지 않았다. 그들은 내가 패배할 때까지 가위바위보를 했고 나는 메달을 모조리 빼앗겼다. 그리고 그 광경을 멀찌감치 떨어진 곳에서 도진이 지켜보고 있었다.

그들은 군것질거리로 메달을 모조리 소진한 뒤 문방구를 떠났다. 나는 떠나지도 머물지도 못하고 문방구 근처를 서성였다. 도진은 아무도 없는 가위바위보머신에 앉아 동전을 투입했다. 게임을 썩 잘하는 편은 아니어서 자꾸 패배했지만 소지한 동전이 많아 계속해서 도전했다. 게임기에서 우수수 떨어지는 메달을 나는 물끄러미 쳐다봤다. 이만하면 됐다 싶었는지 도진은 메달을 그러모아 내게 건넸다. 도진은 이유를 말해주지 않았고 나는 왜? 라고 묻지 못했다. 도진은 그대로 자리를 떴다. 나는 양손에 묵직하게 들린 메달을 멍청하게 내려다보았다.

한동안 문방구 앞에서 도진이 나타나길 기다렸다. 어떤 방식으로든 빚을 갚고, 무슨 생각으로 내게 메달을 준 것인지 물어볼 작정이었다. 동정을 받은 것 같아서 수치스럽기도 했지만 그냥 도진이 궁금했다. 도대체 어떤 아이기에 대화 한 번 나눈 적 없는 누군가에게 조건 없는 호의를 베푼 것일까. 내게 게임은 힘으로 승패를 가리는 일이었다. 인공지능과 싸우든 사람과 싸우든 말이다. 게임기는 어째서 두 플레이어가 나란히 앉아 있도록 설계되어 있는가. 맞수와 어깨를 붙이고 같은 방향을 바라보는 일은 두 사람의 복서가 링 위에 올라서 서로를 마주하는 이유와 같았다. 나는 지는 걸 참지 못했다. 다른 것은 몰라도 누가 날 게임으로 무시하면 견딜 수 없을 만큼 괴로웠다. 그랬기 때문에 도진의 존재가 믿기지 않았다. 승자는 모든 것을 거머쥐고 패자는 모조리 다 잃기 마련인 세계에서 도진은 싸우지 않고 이겼고 승자가 되고도 모든 걸 내줬다. 나는 도진처럼 멋진 사람을 본 적이 없었다.

도진은 늘 나를 구했다. 문방구 앞에서, 오락실에서, PC방에서 그리고 용산에서. 언젠가 나도 도진에게 도움이 되고 싶었다. 그러나 그러지 못했다. 혹은 그럴 수 없었다. 어쩌면 그렇게 하지 않았다. 이 세 가지 선택지 중 어느 것을 택해도 배드 엔딩은 피할 수 없었다.

머리를 다친 날 도진은 집에 돌아와 평소처럼 김치찌개를 안주 삼아 소주를 마셨다. 그러다 두통과 어지러움을 느끼고 몇 번인가 화장실을 들락날락하며 구토를 했다. 술에 취한 도진은 잠이 들기 전 이 경과를 메시지로 적어 내게 보냈다. 메시지가 온 것은 인지했지만 늦은 시각이었고 허리가 아팠다. 나는 그 내용을 다음 날 아침에 확인했다. 병원에 가보라는 답장을 남겼다. 퇴근 시간까지 연락이 없었지만 대수롭지 않게 여겨졌다. 내겐 여유가 없었다. 너무 바빴고 피로했다.

"주마등이 스친다는 표현 있잖아. 죽음을 앞두고 과거에 있었던 일들이 빠르게 떠오르는 거."

나는 말없이 도진이 하는 말을 들었다.

"그게 그런 거래. 직면한 위기에서 벗어나기 위해 과거에 있었던 일들을 되짚는 거. 그간 살아온 행적에서 당장 활로를 열어줄 방법을 탐색하는 거지. 내가 자꾸 지난 일들을 떠올리는 게 실은 주마등이 스치고 있는 게 아닐까."

"아니. 그냥 니가 정신을 못 차려서 그래."

도진이 말없이 웃었다. 점점 알아듣지 못할 얘기 감긴 눈과 꼬부라진 발음으로 부려놓는 도진에게 부아가 치밀었다. 그 이상 과거를 얘기하고 싶지 않았다. 우리의 과거는 온통 게임이었고 게임에 관해 얘기를 하다 보면 끝내 도진에게 돌려주지 않은 게임팩들이 생각났다. 결국 나는 도진을 꾸짖었다. 우리 옛날 얘기 좀 그만하면 안 되냐. 다 무슨 의미야. 과거를 입에 담을 때는 그때가 좋았지, 하고 마는 거야. 지난날의 네가 부러워? 돌아가면 좋을 것 같아? 똑같은 인생을 살게 될 뿐이야. 나는 그때로 돌아가고 싶지 않아. 쪽팔리고 거지 같다구. 나 역시 술에 취해 횡설수설하며 그런 얘길 장황하게 늘어놓았다. 내 말을 들었는지 어떤지 도진은 혼잣말처럼 중얼거렸다.

"내가 사랑하는 것들 모두 죽어 없어진 것 같아."

언젠가 도진을 다시 만나게 돼도 이제 도진을 나무랄 자격이 없었다. 과거만 비추는 망막이 이식된 것처럼 자꾸 지나간 일이, 도진과 함께한 마지막 술자리가 떠올랐다. 앞으로 평생 지난 일만 생각해야 하는 저주에 걸린 것만 같았다. 도대체 이런 저주는 누가 건 걸까. 흑막은 끝내 밝혀지지 않았다.

꿈의 우주를 유영해

2008년, NASA는 지구에서 431광년 떨어진 북극성을 향해 디지털 신호로 노래 하나를 쏘아 올렸다. 곡명은 〈Across The Universe〉. "Nothing's gonna change my world"라는 후렴으로 유명한 비틀스의 노래다. 이름 따라 간다더니 음악도 그렇구나. 흘러간 팝송이 우주를 가로질러 나아가는 이미지가 너무도 강렬해서 만약 내게 선택권이 주어진다면 어떤 곡을 지구 밖으로 내보낼지 이따금 고민하게 만들었다. 어디에 있을지 모를, 정말 존재하는지조차 알 수 없는 누군가에게 띄워보내는 멜로디와 메시지라니. 장고 끝에 악수들만 떠올리다 말곤 했다.

　　이럴 줄 알았으면 더 열심히 고심해둘걸. 어째선지 이 책에 실린 모든 소설을 마무리하는 순간마다 그런 생각을 했다. 따지고 보면 다른 별에 전할 음악을 선곡하는 일과 소설을 쓰는 것은 크게 다를 바도 없지 않나. 그렇다면 이번에는 무인도에 표류한 사람이 '내가 여기 살아 있습니다'라고 적은 종이를 병에다 집어넣고 해류에 띄워 보내는 기분으로 짧은 이야기를 시작하려 한다.

　　어린 시절 학교에서는 꼭 그런 걸 시켰다. 가정환경조사서 작성이나 가족 신문 만들기 같은 불유쾌한 과제들 말이다. 그런 유의 설문지는 부모님의 유무는 물론이고 그들의 최종학력 그리고 직업, 몰고 다니는 차종이 무엇인지 물었다. 충분히 무례한 질문들이었지만 가족 신문을 만드는 일보단 차라리 마음 편했다. 가족 신문이 아니라 진짜 신문에 날 법한 일들이 우리 집에서는 종종 일어났다. 그것을 사실대로 적을 수 없어서 거짓으로 빈칸을 채워갈 때 귓불에 뜨거운 열기가 돌고 울고 싶은 마음을 억눌렀던 것을 기억한다. 부당하고 수치스러웠다. 그런 얘긴 내가 정한 사람에게, 바라는 때와 방식으로 내보이고 싶었으니까.

한번은 자기소개서를 썼다. 그리고 그것을 자기 사물함 문짝에 붙이기로 했다. 초등학교 교실 뒤편에는 판 초콜릿 같은 3단 목제 사물함이 길게 늘어서 있었다. 열 살이 안 된 나이였기 때문에 정확한 단어는 몰랐겠지만 일종의 '공개처형'처럼 받아들였다. 숨기고 싶은 게 많았던 만큼 반감도 컸으나 한편으로 나의 신상을 써 내려가는 감각 자체는 싫지 않았다. 내가 누구인지 새삼 짚어가는 과정은 예상외로 즐거웠다. 그즈음에 이미 자의식이 제법 부풀어 있었던 모양이다.

생년월일과 이름을 적고 다시 이름을 한자로 표기하는 난관은 옥편의 도움으로 무사히 넘겼는데 문제는 '취미'와 '특기'였다. 취미는 '자주 하는 것'이고 특기는 '잘하는 것'이라 이해했다. 다른 아이들은 두 항목에 달리기, 노래 부르기, 휘파람 불기, 피아노 연주, 축구 그리고 태권도 등을 마음 가는 대로 적어놓았다. 모두가 다음 문항으로 넘어갈 때 나 홀로 가로막혀 앞으로 나아가지 못했다.

애초에 취미와 특기를 구분 짓는 이유를 알 수

없었다. 아무래도 '잘하는 것'은 '자주 하는 것'일 테고 '자주 하는 것'은 '좋아하는 것'이 아닌가(돌이켜보면 꼭 그런 문제는 아니었지만). 그렇다면 무얼 좋아하는지 물어보면 좋을 텐데 내가 작성해야 할 자기소개서에는 그런 문항이 없었다. 이를테면 '취향'이라는 항목 말이다. 그런데 정말로 그런 물음이 있다고 한다면 뭘 적어야 하지? 나는 무엇을 얼마만큼 좋아하는 사람인가. 그것을 어떻게, 왜 좋아하는가. 어른이 되어서까지 이런 질문에 골몰한 까닭은 아마 취향에 관한 정확한 문답이야말로 인간의 가장 내밀한 지점을 드러내고 개인과 타자의 경계를 구분 짓는 결정적인 요소라 믿었기 때문인 것 같다. 수진의 말마따나 *그것을 빼놓고는 자신이 성립되지 않는다고* 여겼다. 나는 자신이 구체적으로 어떤 사람인지 궁금해하고 있었다.

그때 빈칸에는 뭐라고 적었더라. 아무 말이나 적었겠지. 자주 하는 것도 잘하는 것도 없었으니까.

운동이나 공부, 창작에도 천재가 있듯 정서적인 종목에도 재능 여부가 있다고 믿는다. 이를테면 '다정함의 천재' 같은 것. 힘겨워하고 눈물짓는 누군가 곁에 솔

선해서 머물고 따뜻한 위로를 건네는 일에 천부적으로 뛰어난 사람들이 실제로 존재했다. 마찬가지로 '좋아하는 일'에도 천재가 있었다. 무엇인가를 사랑하기 시작하면 앞뒤 재지 않고 빠르고 깊이 빠져들며 열렬하게 표출하는 이들. 가끔은 그들을 따라잡느라 버거웠고 부담스러웠다. 그리고 대체로는 부러웠고 질투가 돋았다.

나는 범재 정도는 된 것 같다. 십대 시절 대부분의 시간을 만화 감상, 음악 듣기, 게임에 쏟았다. 명백히 열심히 보고, 듣고, 했다. 〈허니와 클로버〉는 아직도 나의 경전이고 서사적이고 비장한 록 음악에서 감동을 느꼈으며 판타지 장르 롤플레잉게임에 사족을 쓰지 못했다. 누군가에게 내보이기 어쩐지 부끄럽거나 흔한 내용이지만 부정할 수 없이 내가 깊이 사랑한 일들이었다. 열렬한 취미가 꼭 특기가 되지 않는다는 사실에는 조금 좌절했다. 하지만 이제는 그다지 슬프지 않다. 좋아하는 것을 좋아하는 만큼 좋아했으니까 그걸로 됐어. 그렇게 마무리 짓기로 했다.

특기가 되지 못한 나의 취미를 정리하고 일관된 취향의 패턴을 깨달은 것은 비교적 최근이다. 바꿔 말해 내가 어떤 사람인지 어렴풋이 알게 된 지 몇 년 되지 않은 것이다. 그 시기를 기점으로 내면의 풍경이 재구성됐다. 혼란스럽던 기후와 지형이 안정을 찾고 형태를 갖췄다. 점차 별다른 사건이 벌어지지 않는 하나의 세계가 완성됐다. 나의 정신에 평화가 깃들었지만 그 대신 만사가 무감했다. 예전만큼 분노하거나 열광할 수 없었다. 뉘앙스는 다르지만 그야말로 "Nothing's gonna change my world"였다. 마치 *내가 좋아했던 모든 것들이 다 죽은 것처럼.*

예정된 자멸이었다. 타인과 나 사이에 경계선을 긋고자 하는 욕망은 자신이 특별한 사람, 즉 '주인공'일지도 모른다는 희망에서 비롯되기도 하지만 나의 경우는 필사적인 자기방어에 가까웠다. 누구도 침입할 수 없는 높고 단단한 방책防柵을 쌓고 싶었다. 더 이상 다른 이가 건네는 말 한마디에 손쉽게 상처 입거나 혼란에 빠지고 싶지 않았고 누군가와 나를 비교하며 질투와 조바심에 시달리는 일에 넌더리가 났다. 이렇게 말하면 심약한 나르시시스트의 대사처럼 들릴 걸 알지만, 나는 내가 누군지 몰랐다. 뚜렷한 주관이 없었고 호오를 판단하고 표현하기 어려웠다. 그래서 나의 정체를 파악하는 것이 나를 완성하는 일이라 믿었다. 완벽한 오판이었다. 혼자가 되는 데 성공했지만 나는 완성되지 않았고 생기를 잃은 시시한 개인을 발견했을 뿐이다.

평생을 두고 따라다니던 결핍과 균열을 잠재우자 살아가는 동력마저 상실하다니, 잔인한 이야기였다. 무료함이 무력감으로 변모되고 다시 그 감정이 외로움으로 바뀌었다. 그리고 다음에 따라온 것은 공포였다. 앞으로 남은 생을 이 상태로 살아야 할지도 모른다는 두려움이었다.

도움이 필요했다.

어릴 적 나는 숨기는 것이 많았고 남에게 생각을 전하는 데 곤혹스러움을 느끼는 아이였다. 이해받지 못하고 거부당할 것이라 지레 겁먹었던 모양이다. 그래서 물이 없는 욕조 안에 잠수하듯 웅크려 입과 코를 틀어막은 것처럼 말을 참았다. 언어에는 독성이 있어서 품고만 있으면 병든다는 사실을 알아채지 못했다. 브레인 포그와 불면은 만성이었고 약간의 난독 증세를 겪었다. 가끔은 공황 상태에 빠졌다. 고통이 한계치에 다다라서야 내겐 폭로할 곳이 절실하단 것을 깨달았다.

친구도 말주변도 없어서 소설을 쓰기 시작했다.

하필 소설이었다. 가족 신문에 이야기를 지어낼 때 거짓말을 하며 살기 싫다고 생각했는데, 할 줄 아는 게 그것뿐이었다. 아무튼 말을 늦게 뗀 아이가 대화를 걸듯 그간 감춰둔 속내를 그곳에 게워냈다. 허구라는 자재로 무덤 같은 건축물을 세우고 그곳 가장 깊고 좁은 장소에 한 줌의 진실을 담은 관을 안치했다. 내보이고 싶은 것인지 숨기고 싶은 것인지 알 길이 없었다. 다만 *발설된 비밀은 무엇이 되는지* 궁금할 따름이었다. 거꾸로 뒤집어 따져보면 이 의문 덕에 소설을 쓸 수 있었다. 그리고 그 덕에 나는 안정을 찾았다.

그러니까 나는 이번에도 소설에, 소설을 읽어줄 누군가에게 도움을 요청한 것이다.

왜 하필 과거였을까.

별이 창공에 빛나던 지난 시대에 관한 루카치의 찬사랄지 감상이 얼마간 유치하다고 여겼다. 지난 일은 지난 일, 앞으로 나아갑시다 운운하는 진취적인 성격은 아니지만 구태의연한 것은 질색이었다. 이제 와서 어쩌리, 한숨을 푹 쉬고 고개를 내젓는 소프트 비관론자에 가까운 포즈를 즐겨 잡곤 했으니까. 그런 내가 지금보다 제법 떨어진 과거를 배경 삼아 사랑했던 것들을 소재로 소설을 쓰고 책을 내는 현실이 아직도 얼떨떨하다. *레트로*가 유행이어서 그런가 싶다가도 속 시원한 답이 되진 못했다. 다만 *과거에 많은 것을 두고 온 느낌*이었다. 내 이야기를 하려면 그때부터 시작해야 마땅하다고 생각했던 모양이다. 허세를 부렸구나. 정작 누구보다 과거에 발목이 얽매였으면서. 어쩌면 지난 일을 돌아보며 그리워하고 괴로워하는 일이야말로 나의 유일한 특기인지도 모르겠다.

먼 과거의 사람들은 북극성을 보며 계절을 읽거나 길을 찾았다지. 까마득하게 먼 거리와 시간을 지나 날아온 빛을 보며 현재를 가늠하고 살아갔던 시대라니, 확실히 낭만적이다. 지금 우리의 시대가 아무리 지리멸렬하고 고통스러워도 훗날에는 그렇게 여겨질까.

수진에게 감사를 표한다. 그가 아니었다면 한 줄도 적지 못했을 것이다. 수진이야말로 진정한 '주인공'이다.

이 소설집은 나의 첫 책이다. 이곳에 실린 세 편의 소설은 오롯이 단 하나의 책을 위해 쓰인, 말하자면 당신에게만 보내는 열렬한 신호다. 감사함을 담아 별을 향해 노래를 쏘아 보내는 심정으로 내가 정한 사람에게, 바라는 때와 방식으로 내보이고 싶었던 이야기들을 적어보았다. 그뿐이다. 정말이지 그 마음밖에 없었던 것 같다.

　　우주 너머 다른 시공간에서 반짝이고 있을 당신에게 미약한 나의 시그널이 닿았다면 반갑게 맞아주길 부탁드린다.

해설

그토록 사랑했던 세계

—조대한(문학평론가)

　　그때는 왜 그리 모든 것에 진심이었을까. 만화책, 아이돌, 게임, 소설 등 열과 성을 다해 빠져들었던 수많은 사랑의 선택항 중에서 지금 유독 기억에 남는 것은 PC통신 시절에 즐겼던 한 머드게임이다. 텍스트를 기반으로 이루어지는 머드게임은 〈바람의 나라〉〈리니지〉 등 그래픽을 입힌 MMORPG Massively Multiplayer Online Role-Playing Game가 국내에 본격적으로 자리를 잡기 이전까지 나름의 성황을 누렸던 온라인게임 방식이다. 화려한 그래픽이 넘쳐나는 지금의 관점에서 보면 글자만으로 이루어진 그 게임이 뭐가 그리도 재밌었겠냐마는,

최고의 그래픽카드는 상상력이라고 명명한 셸던 쿠퍼 (〈빅뱅 이론〉 등장인물)의 말처럼 문장과 문장 사이의 상상 으로 구현된 그 세계에 나는 식음을 전폐한 채 빠져 있 었다. 당시의 통신 모뎀이 전화선을 통해 데이터를 전 송했던 까닭에 내가 게임을 즐겼던 초기 몇 달 동안 우 리 집에는 전화벨이 울리지 못했다.

　　내게는 움직이는 소설 같았던 그곳이 유달리 매 력적이었던 까닭은 "밀레니엄 바이러스 Y2K에 대한 공 포가 전 세계를 뒤덮었"(「어크로스 더 투니버스」, 10쪽)던 세기말에 어울리는 게임의 내용 때문이었겠지만, 채팅 이나 길드 등 다른 유저들과 실시간으로 결합될 수 있 는 여러 소통의 기능들 때문이기도 했던 것 같다. 그중 인상적인 것은 '결혼'이라는 시스템이었다. 게임마저 왜 그렇게까지 커플화에 연연했는지 의문이 들긴 하나, 그 결혼은 단순히 상징적인 의미에서가 아니라 실제 게 임 기능상으로도 커다란 혜택이 부여되는 제도였다. 나 는 운 좋게도 초보 시절부터 어울리던 한 유저와 결혼 을 했고, 지정 성별조차 모호했던 그 세계 속에서 우리 는 밤낮을 넘나들며 꽤나 친밀한 사이로 지냈다. 실제 서로의 아이디를 공유하기도 했으며, '상대방 ID'와 '사

랑'이라는 단어를 조합해 각자의 비밀번호로 사용하기
도 했다. 나중에는 현실에서 편지와 문자를 주고받기도
했는데, 그렇게 되기까지는 의외로 제법 오랜 시간을
주저했던 것 같다. 돌이켜보건대 그것은 게임과 현실이
마주하면 안 될 것만 같은, 정확히는 그 세계를 통해 만
난 관계가 사라질 것만 같은 두려움 때문이었던 듯싶
다. 물론 이제는 이들 모두 한때 진심으로 사랑했던 아
이돌의 애칭과 생일처럼, 내 비밀번호 속의 흔적으로만
남아 있을 뿐이다.

　　임국영의 첫 번째 소설집 『어크로스 더 투니버
스』 역시 누군가에게는 한 시절의 전부와도 같았던 세
계의 이야기들로 가득 채워져 있다. 그것은 〈달의 요정
세일러 문〉〈마법소녀 리나〉〈슬램덩크〉〈카드캡터 체
리〉로 시작되어 〈환상게임〉〈봉신연의〉〈X〉〈강철의 연
금술사〉까지 나아가는 만화와 애니메이션의 세계이자,
퀸과 비틀스, 웨스트라이프와 브리트니 스피어스, 엔싱
크와 백스트리트 보이스를 아우르는 음악과 팝의 세계
이며, 〈보글보글〉〈더 킹 오브 파이터즈〉 등의 아케이드
게임과 〈더블 드래곤〉〈슈퍼 마리오〉 등의 가정용 비디
오게임을 거쳐 〈삼국지〉〈프린세스 메이커〉〈스타크래

프트〉의 PC게임으로 이어지는 유구한 게임의 세계이다. 소재의 나열만으로도 선뜻 흥미로운 마음이 생겨나는 건 그 세계에 직간접적으로 연루되어 있는 개인적인 경험 때문이겠지만, "레트로가 유행"(「꿈의 우주를 유영해」, 137쪽)인 요즈음 추억을 소모하는 쾌감에 어느덧 익숙해져버린 세대 안에 내가 속해 있기 때문일지도 모르겠다.

지그문트 바우만은 『레트로토피아』(정일준 옮김, 아르테, 2018)라는 저서에서, 과거를 향해가는 최근의 경향성에 대해 '실패한 낙원의 귀환'이라는 이름을 붙인 바 있다. 다소 비판적인 그의 논조를 따르자면, 레트로적인 쾌감에 익숙한 이들은 미래의 꿈보다는 버려진 과거의 낙원에서 자신의 비전을 발견하는 사람들이다. 일견 이 소설집에도 그런 이들의 모습이 엿보이는 듯하다. 「추억은 보글보글」이라는 작품을 보면, 주인공 '도진'은 "과거만 비추는 망막이 이식된 것처럼 자꾸 지나간 일"(125~126쪽)만을 바라보는 인물로 그려진다. 친구 '원경'을 만나면 그는 늘 과거의 추억만을 되풀이하듯 이야기한다. 그들의 과거가 온통 게임뿐이었던 것도 맞고 "어릴 적에는 그것에 인생의 전부를 내건 것처럼 굴었"(102~103쪽)던 것도 사실이지만, 이제는 한때의 치기로 그 시절을 기억하는 원경과 달리 도진은 여전히 과거의 세계가 전부인 시간에 머물러 있다. 낯선 어른의 사회에서 방황하던 도진은 다음과 같이 말하곤 끝내 세상을 떠난다. "내가 사랑하는 것들 모두 죽어 없어진 것 같아."(125쪽)

위 사회학자의 우려처럼 미래, 진보, 성장에의 약속이 더 이상 유효하지 않은 시대의 지반 위에서, 우리는 더 이상은 실패하지 않으려 예측 가능한 과거의 세계로 눈을 돌리고 있는 것인지도 모르겠다. 하지만 "성장의 끝"을 맞이한 세대의 "퇴행과 도피"(42쪽), 그들의 안전한 유희로만 이 소설을 읽어내는 것은 다소 섣부른 일처럼 보인다. 언뜻 과거에 함몰되어버린 듯한 도진의 사연과 달리, 「코인노래방에서」는 동성의 남자친구를 좋아했던 과거를 이성의 연인에게 털어놓으며 당시의 감정을 지금의 관점에서 재구성하는 '나'의 이야기가 그려지기도 한다. 「어크로스 더 투니버스」는 "성장을 모두 마치고 난 뒤"(42쪽) 더 이상 만화에 열광하지 않게 된 '만경'의 서사이기도 하지만, 동시에 "덕질"을 "빼놓고는 자신이 성립되지 않는다는 걸"(44쪽) 깨달은 '수진'의 이야기이기도 하다.

    그러니 이 소설은 사회로의 입사 과정에 실패한 어른들의 자조적인 회고담이나 과거를 철없던 시절로만 여기는 성인들의 추억담이 아니라, 온전히 다 해명되지 않은 자신의 정체성을 위해 지금 이곳에서 다시 과거의 세계로 건너 들어가는 거꾸로 된 입사 소설로 보아야 하지 않을까. 그러한 방향으로 나아가는 소설 속 인물들에게 과거의 세계는 '나'와 단절된 흑역사의 덩어리들이라기보다는, 정체성의 연속체를 이루는 잠재태의 평면에 가까운 듯싶다. 레트로로 명명된 시대의 유행과 그 과거로의 흐름은 "내가 사랑하고 좋아했던 것"들, "내 존재의 어느 깊숙한 자리에 들어"온 것들, "나를 떠받친 마음의 가장 깊은 부분을 이루는 것들"을 "긍정받고, 당당히 표현할 수 있는 그런 시대"*의 기류로도 읽힐 수 있을 것 같다.

    여기에서 보다 주목해봐야 하는 것은 과거의 '나'가 그 세계에 빠지게 된 계기에 관한 것이다. 앞서 언급된 도진이 그토록 헤어 나오지 못했던 게임의 늪에

---

* 정지우, 「무언가를 사랑하여 자신을 이루는 일」, 『언유주얼』 6호, 2020.

본격적으로 빠지게 된 계기는 친구 원경과의 만남 때문이다. 「추억은 보글보글」의 서두를 보면, 혼자서 게임을 하고 있는 도진의 옆자리에 자연스레 앉아 '2P' 스타트 버튼을 누르는 원경의 모습이 그려진다. "귀가 먹먹할 정도로 시끄러운 소리로 가득"하던 오락실의 소음은 "옆자리에 누가 있다는 사실만으로 모조리 음소거"(78쪽)가 되고, 도진은 마치 또 다른 세계로 진입한 것만 같은 기분을 느낀다. 원경의 합류는 도진의 감정적인 변화뿐만 아니라 게임 시스템 자체의 변화를 이끌어내는데, 홀로 클리어하면 매번 1인용의 엔딩만을 보여주며 친구를 데려오라는 메시지를 반복하던 해당 게임은, 도진과 원경이 함께 플레이를 하자 각자의 연인을 만나 저주가 풀린 두 공룡의 엔딩과 함께 It's "LOVE" & "FRIENDSHIP"(79쪽)이라는 축하 문구를 화면에 띄운다. "두 플레이어가 나란히 앉아 있도록 설계되어 있는"(123쪽) 이 2인용의 세계는 그것이 모험의 동료든 새로운 도전자든 커플화가 가능한 누군가를 필요로 한다. 실제 도진이 과거에 머무르는 이유 역시 단순히 게임만을 위해서라기보다는, "원경을 만나서 게임을 하고 다시 내일이 되면 원경을 만났"던 "멋진 시

절"(95쪽)과 깨끗이 해결되지 않은 두 사람의 갈등 주변

에서 그가 맴돌고 있기 때문일 것이다.

　　이처럼 임국영의 소설들은 '세계'와 '관계'를 의
도적으로 맞닿아놓는다. 「코인노래방에서」의 주인공
인 '나'가 좋아하던 '정우'와 가까워질 수 있었던 것도
두 인물들이 팝의 세계를 공유하고 있어서였고, 「어크
로스 더 투니버스」에서 만경이 수진과 친해질 수 있었
던 것 또한 만화영화를 둘이 함께 시청했기 때문이다.
이 같은 세계와 관계의 교차는 소설의 형식으로도 잘
드러난다. 〈보글보글〉 게임의 구조와 두 주인공의 관계
가 교차되어 형상화되었던 것처럼, 「코인노래방에서」
의 '나'는 연인이 부른 〈비밀정원〉의 노래 가사를 매개
로 "누구에게도 내보인 적 없던"(55쪽) 비밀스러웠던 관
계를 고백하고, 웨스트라이프의 〈My Love〉의 가사와
당시 정우에게 느꼈던 감정을 교차하여 술회한다. 「어
크로스 더 투니버스」의 경우는 보다 직접적이다. '투니
버스'라는 제목처럼 만화로 구성된 세계관을 지닌 '만
경'은 "똘기 떵이 호치 새초미" "드라고 요롱이 마초 미
미"(12쪽)와 12간지의 상호 관계성을 직관적으로 파악
하는 세대의 인물로 그려진다. 그는 만화의 관점에서

주변 인물들을 바라보고 스스로의 존재적 한계를 규정짓는다. 자신은 그 세계의 주연이 될 재능이 없다고 여기는 만경이 수진을 그토록 흠모했던 이유도 그녀가 "다른 인물들과는 확연히 차이가 나는 프레임과 작화"(16쪽)로 묘사된 주인공 캐릭터 같았기 때문이다. 그리고 이 소설 역시 앞서의 작품들이 그러했듯 만화 주인공의 대사와 등장인물의 상황을 교차시켜 서사를 진행해나간다. 이는 소설의 형식적인 기법이기도 하지만, 자신이 사랑했던 세계와 인물들의 관계가 뗄 수 없을 정도로 얽혀 있는 탓에 드러나는 필연적인 겹침이기도 할 것이다.

　　이 작품들이 탁월한 것은 만화, 음악, 게임 등의 세계관을 인물들과의 관계를 위한 수단으로만 활용하는 것이 아니라, 그 세계를 통해 이전에는 인지할 수 없었던 새로운 관계성과 사랑의 인식을 재탄생시키기도 한다는 점이다. 이를 대표하는 인물은 '수진'이다. 만경이 〈달의 요정 세일러 문〉에서 세일러 넵튠과의 은밀한 백합Girl's Love 코드로 잘 알려진 "세일러 우라누스와 수진의 옆모습을 번갈아 보며" "여자? 남자?"(10쪽)를 고민하는 모습이나, 여성과 남성을 오가는 〈란마 1/2〉의 장면을 부러 서술하는 것은 기존의 이중 젠더적인 인식으로 수렴되지 않는 수진의 모호한 정체성을 암시하는 일일 것이다. 만화 『봉신연의』를 통해 "삶에 'BL'이라는 해시태그"(25쪽)를 첨가하게 된 수진은 이후 새로운 관계성에 눈을 뜬다. 본래 "수진의 세계관에서 눈물조차 보이지 않던 비정하고 무감각한 남자들"(26쪽)이나 수진에게 무관심과 폭력을 행사하던 아버지와 오빠 같은 남자들과 달리, 새로운 세계 속의 남자들은 "서로를 아끼고 상처 입히며 절절한 애증의 마음을 품"(같은 쪽)는다. 소년 만경이 같은 만화에서 모험과 우정을 읽어내는 것과는 사뭇 다르게 수진은 주인공들의 미묘한 기류를 적극적으로 읽어내고, 우정으로 명명될 수밖에 없던 도진과 원경의 관계성을 "남성 간의 사랑"(27쪽)으로 뒤바꾸어 바라본다.* '사랑과 정의의 이름'으로 모든 것이

---

* "야, 니네 형이랑 우리 오빠랑 사귀는 거 아니냐? 누가 공이고 수일라나. 우리 오빠가 덩치도 크고 힘이 세긴 한데…… 아니다, 또 모르는 거니까."(28쪽) 물론 이 같은 '공'과 '수'의 구도는 현실 속의 이중 젠더를 옹호하고 그에 관한 편견을 공고히 한다는 비판을 받기도 한다. 하지만 가상의 관계성으로 설정된 '공'과 '수'를 향유하는 이들은 현실의 이중 젠더 또한 만들어진 관념에 불과하다는 것을 충분히 인식할

수 있으며, 무엇보다 그 양쪽의 구도는 단단히 고정되어 있지 않고 다분히 유동적이다. 김효진은 「페미니즘의 시대, 보이즈 러브의 의미를 다시 묻다 : 인터넷의 '탈BL' 담론을 중심으로」(『여성문학연구』 47, 한국여성문학학회, 2019)라는 글에서 공수관계는 단순히 삽입에서의 능동성과 수동성에 따라 고정된 관념이 아니며, 오히려 BL 서사는 그 관계성의 낙차를 극대화하기 위해 쓰여지기도 한다고 주장한다. 이 같은 관계의 '리버스'는 고정된 이중 젠더의 구도 안에서는 불가능한 역전의 방식일 것이다. 소설 내의 상호 권력 관계에서 물리적으로 우월한 '공'의 포지션을 차지하고 있는 수진, 정우, 도진과 상대적인 '수'의 포지션에 위치하며 스스로를 열등하다고 여기는 만경, 나, 원경의 이자 관계에서도 정작 서사 결말부의 일반론적인 우위를 차지하는 것은 '수' 쪽에 가깝다. 수진을 동경했을지언정 사랑의 감정을 품었던 것은 결코 아니었다고 단언하는 만경은 "사랑과 정의는 이제 지긋지긋"(43쪽)하다고 말하며 과거의 세계를 떠나간다. 반면 만경과 달리 그 세계에 오래도록 머물러 있는 수진은 어린 시절 만경의 모습을 떠올리며 사랑이라 불릴 만한 어떤 감정과 마주한다. 「코인노래방에서」는 다른 친구를 상대할 때와는 달리 '나'를 조심스럽게 대하는 정우를 보고 수진으로 짐작되는 '나'의 연인은 그가 너를 좋아했을지도 모른다는 추측을 하는데, 그 추측이 가능했던 건 만경과의 관계에서 수진의 정서적 위치가 정우와 유사하기 때문은 아닐까 싶다. 「추억은 보글보글」에서 원경은 누구보다 게임에 미쳐 있었지만, "성인이 되어 사회에서 1인분의 역할을 하고 인정을 받으면서 새로운 활력과 기쁨을 찾"(103쪽)아 그곳에서 빠져나온다. 이후 그는 "일방적으로 도진과의 관계를 정리하는 수순을 밟"(같은 쪽)아간다. 반면 수진의 오빠 도진은 끝까지 과거에 머무르며 원경과의 애착적인 관계를 끊어내지 못하는 모습을 보인다. 이처럼 위 소설들의 '공'과 '수' 구도는 관계 혹은 세계에 밀착된 인물들의 사랑의 강도가 어떻게 발현되고 또 변화해나가는가를 잘 보여준다.

성립되는 수진의 그 세계는 다른 관계의 사랑이 가능한 세계이자, 그 무한한 종류만큼 "사랑이 곧 정의"(26쪽)인 세계이다.

『사랑 예찬』(조재룡 옮김, 길, 2010)이라는 저서를 쓴 알랭 바디우는 '사랑은 재발명되어야 한다'는 랭보의 유명한 시구를 논의의 테제로 삼으며, 하나인 '나'를 무너뜨리고 둘의 관점으로 재구성되는 세계를 탄생시킬 때 사랑은 존재하는 것이라고 주장했다. 그에게 사랑이란 〈보글보글〉의 숨겨진 엔딩처럼, 홀로된 세계가 사라지고 2인용의 지반으로 그것이 재구성된 이후에야 등장하는 새로운 사건일 것이다. 여기에서 보다 초점을 맞추고 싶은 단어는 '재발명'이다. '재발명'에 대응하는 원어인 'réinventer'는 한국어와 마찬가지로 전에 없던 것을 창조한다는 뜻보다는, 잊혔던 것을 재발견하고 그에 다시 새로운 가치를 부여한다는 의미에 가까운 단어이다. 이를 잠시 빌린다면, 사랑이란 훗날에 만들어질 무언가가 아니라 이미 우리에게 잠재되어 있는 것이라고 말해볼 수도 있지 않을까. 어쩌면 과거의 우리는 지금보다 훨씬 커다란 사랑의 가능성을 품고 있었는지도 모르겠다. 모든 것에 자신을 던지고 누군가를 열렬히 사랑했던 우리는 어느 순간 평범한 어른-머글이 되기 위해 "대중적인 취향을 가장"하고 "일반인 코스프레"(44쪽)를 하며 살아가는 듯싶기도 하다. 그러니 이 다채로운 사랑의 세계와 덕질의 우주를 건너며 잊고 있던 감각의 세계와 그곳에 소속되어 낯선 사랑을 배웠던 시절을, 모든 사랑의 형태와 모양을 상상할 수 있었던 그 마법 같은 시절을 다시 떠올려보는 것은 어떨까. 나와 당신 사이에 숨겨져 있는 엔딩과 그 잠재된 사랑의 풍경을 우리는 아직 다 발명해내지 못했을지도 모르니 말이다.

트리플 4

어크로스 더 투니버스
© 임국영, 2021

초판 1쇄 인쇄일 2021년 4월 21일
초판 1쇄 발행일 2021년 5월 1일

지은이 · 임국영

펴낸이 · 정은영
편집 · 김정은 정사라
마케팅 · 최금순 오세미 박지혜
　　　　김하은 김현지
제작 · 홍동근
펴낸곳 · (주)자음과모음
출판등록 · 2001년 11월 28일
　　　　　제2001-000259호
주소 · 서울시 마포구 양화로6길 49
전화 · 편집부 02) 324-2347
　　　　경영지원부 02) 325-6047
팩스 · 편집부 02) 324-2348
　　　　경영지원부 02) 2648-1311
이메일 · munhak@jamobook.com

ISBN 978-89-544-4706-5 (04810)
　　　　978-89-544-4632-7 (세트)